U0130650

光與暗之戰

1

光之武士

目 録

第一章
宇宙動物園

很多人都非常熱衷看到 UFO，熱切追尋外星人是否存在，又或是外星人究竟是怎樣的模樣。電影中他們大多會以地球人為藍本：一個頭、一對眼、一對耳、一個口、一個鼻，一雙手及一雙腳。然後在這藍本加上些微的變化，如大頭或小頭、眼大或眼小（但大多都是黑眼睛、沒有眼白），最後想像出來的大多都是電影《ET》中外星人的模樣。

他們可不知道，其實外星人早已存在於地球上，而且是我們熟悉的模樣。四周所熟悉的生物本就是來自外星的，他們被退化、被馴服，甚至被縮小，然後養在一個特大的動物園內——地球。我們不知這些為人熟悉的生物其實本來都是來自外星。這個偉大的動物園擁有來自全宇宙不同的生物，被宇宙統治者——宇宙幽靈（又稱黑暗之神）暗魅（Dark Phantom）養在地球上，供他觀賞，而在這個動物園所有動物之中，最珍貴的當然就是人類！

宇宙中的靈力和萬物本處於一個平衡的狀態。宇宙中的七種能量：光、火、水、土、寒、風、電，分別被七個民族中的各一位武士借取。這些武士合稱「宇宙七武士」，他們

勢均力敵，維持了某種宇宙平衡。但宇宙幽靈暗魅打破了這平衡，利用詭計和強大的力量打敗了光武士、水武士和寒武士，並吸納了火武士、土武士、風武士和電武士。所以整個宇宙都在他統治之下，而他則居於深空的遠處，地球是他的戰利品及觀賞的動物園。暗魅最喜愛看的動物園表演，就是人類之間的互相殘殺。

寒風極冷，已接近零下二百度的溫度，冷得超乎想像，我的血液快要結冰了。這刻一個太陽已下山，而另一個太陽很快也要下山，那時候肯定會更冷。果然這個太陽一沉下地平線，就刮起超級風暴。這風暴時速達每小時二千多公里（太陽系中的最高風速是在海皇星的大黑斑，風速達時速二千一百公里），遠比地球上的暴風強勁。我運用靈力全力築起防護罩抵抗強風和低溫。

但此時我突然想起我的母親。年少時，每當天氣轉冷，母親總叮囑生病的我不要著涼，這些片段在我腦中閃過。於是我稍一疏神，防護罩就出現缺口，冰粒從防護罩外急速飛進來擊中我的左臂，我登時流出黃血，痛楚令我再度專注，防護罩重新收緊，但我真的能抵擋這暴風嗎？我會否就此死在這裡？

我不能就此死掉，我還要報仇！我望著流出來的黃色血液，鼓起勇氣，奮起了所有靈力去抵擋風暴。但風勢實在太大，我又能支持多久呢？突然我靈光一閃，如能躲在地下或能避過這超級風暴。於是我用激光劍在地上劃了一圈，再連

環劈數劍，地下立刻出現了一個洞，但我向洞口一望，這個竟然是個無底深洞，怎麼能跳進去？但風勢越來越大，與其在外凍死，我情願一搏。我跳進洞裡，跟著我就這樣一直向下跌、往下跌、無休止的下跌，我雙眼漸漸合上，究竟我會否死在這裡？不知怎的，在這緊急的時刻，母親的影像再次浮現我腦海中……

一刻間，我回到約六年前的一個下午。一個非常暖和的下午，陽光明媚，我躺在床上，媽媽給我送上已剝皮的橙。我沒有伸手去接，只張開了口，等待她餵給我。媽媽白了我一眼，但還是把橙遞到我口中。

「好酸啊！」我投訴。

「這麼多投訴，下次不給你吃了。」

我笑著，仍舊張開口，等待下一片橙到來。偶然看到時鐘，原來已是下午三時了。我嚷著說：「媽！快轉台，要播我喜愛的那套科幻片了！快要開始了！」

媽媽無奈的放下已剝開的橙，為我開電視。

其實現代人的娛樂系統早已非常個人化，無論看電視、玩線上遊戲、聽音樂，及使用電腦都可以用智能眼鏡全包辦。所有智能眼鏡都裝有微型處理器、訊號接收器、發射器、鏡頭組合、投射器及微型喇叭，可以把電視投射到眼鏡內框的上方處，眼鏡下方仍可看到外邊的事物，而且鏡片經過處理，外邊根本不知道你在看甚麼。除了投射在眼鏡上方，影像亦可以直

接投射入眼球內。除了娛樂，打電話及拍照，這智能眼鏡亦能包辦。

這些科技產品與人的結合日益緊密。有些相機更可直接植入眼球內，有些人在耳窩植入無線耳機，天線收發器也可植入在人的腦內，令人可以直接連接網絡、通電話，也可以在腦內植入記憶體，甚至處理器。此外也有各種的植入感應器，如可植入紅外線感應器在眼內，令人可以夜視及探測溫度；植入氣壓感應器來預測天氣；植入 GPS 接收器令人永遠不會迷失；植入電子鼻有更靈敏的嗅覺（可作評酒、甚至緝毒）；植入無線射頻識別晶片（RFID）令人可以不再用鎖匙或密碼來開門，還可以植入手電筒及磁力裝置。至於機械器官、機械義肢、電子皮膚及骨架更是林林種種，只是並非每個人都願意做這些植入手術，特別是在人機大戰後，有些人對植入機器甚是抗拒，如非有實際需要的病患者，並非人人願意嘗試。

我本來亦有一副最新型號的智能眼鏡，但為免我終夜打機不休息，我的智能眼鏡被媽媽沒收了。爸爸不知在哪裡找來一部舊式電視放置在我房間，讓我觀看。

哪知剛開電視，電視台的新聞正在報道有人看見人狼的消息。

我立時舉起雙手作抓狀，並發出狼嚎聲，扮人狼嚇媽媽。

媽媽呼叫，一把拍我手，說：「不要扮這個！」

我哈哈大笑。

「你又嚇媽媽！」這時爸爸剛好進來，說：「真百厭！」說罷，突然也雙手作狼抓狀，在母親背後狼嚎。

媽媽再次驚呼，忙罵：「兩父子也這麼大不透！」

我就是光永照，爸媽都叫我光仔。18 歲，本來是大好的年華，可惜卻患有先天性心臟病。爸爸說我的心臟病十分罕見，我的右心異常強壯，但左心卻呈衰竭現象，我必須在左邊完全衰竭前移植一個健康的心臟。但要等到一個合適的心臟絕非易事。而我因心臟揤血不足，以至體能不佳，經常都需要臥床。正因如此，媽媽對我特別的遷就，並偶爾背著我偷偷哭泣。現在我正在等待心臟移植，否則只剩下 11 個月命。11 個月命，這數字是醫生說的，但為何是 11 個月，不是 12 個月或 10 個月，我完全無法理解！為何我這麼年輕就要面對死亡？我真的不懂。

若你問我：「怕不怕死？」我不害怕，我有的只是憤怒！因這重病剝奪了我的自由，漫長而痛苦的治療，與平常人隔離的人生，我不怕死亡，但死亡剝奪了我的人生！我曾問過蒼天千遍：「為何是我？為何世間有這麼多的壞人，他們反而活得比我更健康！」我就是不服氣！但我在爸媽面前，甚少表達我的憤怒，在他們面前，我都會抑壓我的情緒，因我不想他們難過。我不知死亡會怎樣，我唯一知道的就是我不捨得媽媽，也不捨得爸爸。他們對我的愛是我堅持下去的力量。

我媽媽李慧雲是一位科學家，重點研究低溫物理，而且主

管著一個實驗室，她在裡面是研究超導體的。她的實驗室有大大小小的冷凍倉，都是關乎人體冷凍的，據說是專為有錢人提供服務，冷藏他們的精子、卵子、臍帶血等等，這為她的實驗室賺取了不少經費。我還記得小時候和哥哥常在她的實驗室捉迷藏。

對，我有一位哥哥，比我年長三年，我和哥哥感情很好，還記得年少時，我們常拿著玩具激光劍玩格鬥，又會化身成足球巨星，玩 VR 真人版的 Winning Eleven。

其實今年是地球發生智能叛變——人機大戰（man-machine war）後的第五年，隨著 AI 的大力發展，人造的 AI 神經網絡終於懂得獨立思考，終於有一天美國、歐洲和中國的機械人都起來叛變，人類的戰鬥力完全被比下來。但 AI 的發展實在太出色了，機械人除了承襲了人類的思考，亦完全承襲了人性的弱點。它們如人類般貪婪，可以被煽動；它們如人類般虛榮，可以被媚諂；它們如人類般多疑，可以被離間。當人類面臨戰敗的危機時，成功離間三地的機械人，使它們互相攻擊。雖然機械最終在人機大戰中敗陣下來，但亦因為這場大戰，地球約四分之一的城市都被破壞了，紐約、北京、倫敦、巴黎、莫斯科都不能幸免。但人類還是存活下來，並快速地重建。

但戰爭後，有限的資源更集中在富人手上，加速擴大了貧富懸殊的差距。而更可惜的是，人類並沒有從痛苦的經驗中變得更聰明，亦沒有在苦難中學會大愛。他們自以為是戰勝者就

代表自己能高高在上，有能力駕馭一切，貪婪和自私再次蒙蔽了他們的雙眼。在商業利益及政治野心的驅使下，政府竟然再次發展不同類型的機械人作軍事用途。商界也為了利益，大力發展各種機械人，就像戰爭從沒有發生過似的。儘管有不少人作出種種的抗議行動，但商人用大量金錢賄賂政客，結果政府只是在機械人的 AI 發展上加上不同限制，以回應各種抗議。商界更大力發展各種 VR 遊戲，畢竟大多數人都喜歡虛假遠勝於真實，這或許是因為虛假可令人暫時脫離現實的痛苦。

回說我的哥哥，他在我 12 歲時因同一類心臟病離世了。當時爸媽都很傷心。爸爸作為一個心臟科醫學權威，面對兒子的死，自責了很久。反是我 15 歲時突然病發令他重新振作，他向媽媽承諾了不會再讓她經歷失去兒子的痛苦。這幾年他異常努力研究病例，也研究基因，為的就是要治好我。

媽媽是個堅毅的人，能幹、溫柔，只是較膽小。哥哥死時她雖然處於極度傷心的狀態，但因忙於照顧我，反令她有所寄托，並能兼顧她的實驗室主管的工作一直至今。

我和媽媽的感情非常好，她一點架子也沒有，非常的隨和，我們無所不談，而且她非常了解我，無論我說甚麼謊話，都無法騙過她。不過很多時她都不會揭穿我，只會在適當的時候提醒我，不要「行差踏錯」。我和爸爸也同樣親密，我們捧同一隊球隊，亦會一起踢足球、釣魚、打遊戲機。只是他工作真的太忙，我們平日沒有太多時間相處。

我爸爸光永信就是我的主診醫生，因他是心臟科的權威醫生，心臟移植是其專長。其實現今 3D 打印技術已經能造出人工心臟，很久之前已面世的普通噴墨打印機，其噴墨像素點的大小就已經和一般人類細胞大小相若，都是約數十微米，所以只要能掌握噴墨打印機如何能準確噴墨的技術，再加以改良，就已經可以用來噴出人造細胞。而現今 3D 打印技術結合納米科技，不只是人造細胞，甚至更細、極微小的原子也可以列印。這種技術在結合了最新的生物科技後，就能打印出人工心臟。這技術至今不單可以用來列印器官和進行人工培植，也可以抽取日常食用的牛肉、豬肉、雞肉等相關動物的細胞，再在培養液中大量培植複製，以舒緩糧食短缺的危機。

　　說回人工心臟，其材料是複製的細胞，再在這種細胞中加入了水母的基因，令水母的抽吸動作化作人工心臟的自然跳動，並在培養液中以 3D 打印機列印。可惜這種人工心臟只有十年壽命，對年青人來說就要多次重複更換，但更重要的是爸爸說我的血液很特別，會排斥這種人工心臟，所以這方法根本不適合我。

　　自從我生病了，爸爸為了對人類基因有更深入的了解，常常和他的好朋友威廉叔叔一起研究，因威廉・卡拉汗是這方面的權威。爸爸為了我，也參與了威廉叔叔團隊的研究。現在我爸爸除了是心臟科的權威，對基因病亦有相當深入的認識。威廉叔叔原是我媽媽的兒時朋友，在我爸媽結婚後，他和我爸

亦成了好朋友，對我更是親切異常。我非常尊敬我爸爸，除了因為他出色的成就令我感到自豪之外，還因為他有著良好的品德，深得各人的尊重。當看到病人對他的尊敬，其他醫生和護士對他的態度，你就知道他不只是醫術高明，更是眾人眼中的仁醫，這更令我加倍自豪。

在爸爸成為我的主診醫生前，醫院曾說父親作為兒子的主診醫生會有機會感情用事，甚至有利益衝突。但他還是說服了醫院讓他作我的主診醫生，但當然我在輪候心臟移植的名冊上的排名，是由另一位專家決定，避免有利益衝突。

爸爸跟媽媽開完玩笑，就走近來看我的病歷，跟著以他的手機掃描我的心臟，現今科技中的超聲波已經可以用特製的醫療手機完成。磁力共振就較複雜，但只需要穿上磁力背心，便可用手機看到磁力共振的掃描結果。只有電腦掃描牽涉幅射仍需要在醫院進行。

其實現今治病，基本上已可透過手機的人工智能來診斷，簡單如傷風感冒，人工智能開出的藥方都會被認可。但較複雜或較重的病，可透過手機的視像遙距診症，而簡單檢查亦可用手機幫助完成。至於藥物方面，只需付少許運費，就可以用航拍機直送到府上。只是像我這些重症病患才要住院治理。

掃描後，爸爸問我：「你今天感覺怎樣？」

我說還好，「只是，一會可不可以一起看足球？」我心存一絲希望。我們一家都買了利市球場的 AR 套票，只要帶上

AR 眼鏡，就能足不出戶，卻如置身於球場上一樣的看足球，能感受現場熱烈的氣氛。

「不可以！現場的氣氛太熾熱，你最近看球賽都太激動，你現在不能再這樣，你要盡量保持心情平穩。」

「嗨！這次又不可以看。上次也是這樣，究竟還要這樣無聊的過活多久？」

這時電視正播出維達雲信的訪問，只見媽媽兩眼放光，定睛的望著電視說：「其實除了球賽還有很多東西好看！」維達雲信（Victor Vincent）是世界首富佐治雲信的兒子。佐治雲信是全球最大的軍火武器製造商，因而累積了極多的財富，可說是富甲一方，但他的兒子認為財富應用於造福人類，而軍火買賣只會為禍人間。所以他曾公開反對父親從事軍火買賣，並全身投入科技研發，相信科技可以造福人類，他的科技發明亦令他更富有。而他亦建立了很多慈善事業，所以深受普羅大眾歡迎。而且他年青英俊、果斷爽朗、聰明敏銳、談吐風趣得體，所以在全世界著實有很多粉絲。

「我知道維達雲信是你的偶像，但我可不是他的粉絲呢！」

「若你將來有維達雲信的成就，我就是死也死得安樂了！」媽媽眼裡流露出無盡的期盼。

我嘟起了嘴默然不答，我這個半死不活的病人，如何能與全球首富，魅力非凡的年青領袖相比。

爸爸見我有點鬱悶，就岔開話題：「你耐心等多一會吧！只要換了心臟，就做甚麼也可以！」

「你不知道整天睡在床上有多悶呀！球賽又不能看，打機也說太刺激，笑又不可以，哭也不可以，真的不知道生存還有甚麼意義！」

「我知道你辛苦，但我有好消息給你。你很快就會有個伴，應該今天就會到了。」爸知道我在耍性子，索性轉換話題。

「真的嗎？那是誰？」作為一個獨自住在單人病房三年，方便媽媽偶爾留宿的病患，我急不及待地問。

「今天應該會有一個女孩入住你隔鄰病房，她和你有同樣的病，因為我們醫院的醫生較有經驗，所以從別院轉過來。」我聽著，為爸爸感到自豪！

「我叫光永照，你好！」大概兩小時後，我終於見到她，幾經辛苦，又等了一個半小時，她終於檢查完畢，我急不及待跟她打招呼。

「我叫雲閉月，你好！」

第二章
等價交換

　　這個新來的病人是一個女孩，她比我小兩年，樣貌異常秀麗，比學校所有女孩都更漂亮。最特別的是她竟然和我有著相同的心臟病，只是衰竭的一邊心臟和我左右倒轉了，但也正是同樣罕有的病把我們無形的扣在一起。閉月雖然病重，但卻是一個溫婉開朗的女孩子，從沒有因病而自怨自憐，我特別喜歡聽到她甜美的笑聲，在我心情低落的時候，能聽到她的笑聲，總令我釋懷。由於她右心有事，令她血液經常不夠氧，所以她的面容時常帶點紫，我每次都笑她是藍月亮，並同時望向天上的藍月。

　　早於數十年前，人們為了對抗全球暖化，在天上造了個大型太空站，其實說穿了就是一把超大型的太陽傘，只要放在適當的軌度上並張開，就能阻擋部分太陽光，略為減緩地球暖化的速度。但其後為了解決能源危機，人們於是把它改良，將它面向太陽的那一邊加上大量太陽能板，將所接收的陽光化作太陽能，再用長微波傳送回地球，以開拓新的再生能源。後來這太空站又發展成太空旅行的熱點。由於這人造「月亮」，本是不會發光的，人們都叫它做暗星（Dark Star），但為了增加觀

賞性，工程人員就在它周邊加上淡淡的藍光，在晚上看來就像一個藍色的月亮。閉月雖然被我取笑，但她一點都不動怒，仍處之泰然，久而久之我亦不好意思再笑她了。

由於這女孩和我有著相同的病，令我不自禁的想多加親近。想著這世上除了我之外，竟還有人和我同樣只剩下 11 個月的壽命（這只是我瞎估），心中的失落、躁動不禁稍稍舒緩。

其實我沒有太多和女孩玩耍的經驗，但今天起我立志要盡力照顧好這位妹妹。不是因為她的美麗，而是她有著莫名的親切感。可能就是這份親切感，讓我和她相處時，反而令我表現出在爸媽面前都不會表露的真性情。由於看過父母經歷喪子之痛，不想再令他們擔心，我在他們面前都會裝作堅強，反而在閉月的面前，我更能做回自己，喜怒哀樂亦表露無遺。其實我本來就是一個率性而為的人，愛哭就哭、愛笑就笑，從不理會別人的目光，只是我不想父母擔心，反而變得非常壓抑。閉月非常溫文，當我笑時會陪著我笑；當我發怒時會耐心聆聽，靜靜待我平復下來；當我發愁時，她會輕拍我的肩，溫言安慰我，把我的注意力引導到正面的事上。無論我甚麼心情、甚麼情緒，她都總能配合和誘導。不過我最愛的還是逗她發笑，看著她的笑臉，最是令我安心釋懷。

雖然我和女孩子的嗜好不大相同，但可幸是閉月她非常隨和，多會遷就於我，有著她作伴的日子易過得多了，至少我在醫院，不再只是對著暴躁的麥姑娘或是呆板的馮醫生。由於心

臟的毛病，我不能做劇烈運動，其實有時就連上樓梯也會劇烈喘氣，這些時候我都會很沮喪，甚至憤怒。但閉月卻從不發怒（起碼我就沒見過），因她說發怒，不單會令身邊的人不好受，亦會令自己變作另一個人。在我發怒時，閉月會靜靜待著，待我發脾氣完畢。她有時會輕拍我的肩膀，有時還會當我小孩般輕撫前額。她的溫柔忍耐，總令我不好意思繼續發怒。

我們會一起玩撲克、一起玩電子遊戲（當然不能太刺激）、一起爭電視看（雖然最後她總是讓我選台），晚餐我還會搶她的布甸或糖果吃，夜裡我若睡不著，就會找她偷偷到天台看星星。這樣的日子很快就過了近三個月，每天爸爸不是為我倆抽血，就是不停做種種的檢驗。我知道無論我的病有多麼的惡劣，爸爸都不會放棄我。雖然我非常討厭抽血和做各種檢查，但看著絕不放棄的父親，我亦只好咬緊牙關堅持下去。

這天有消息傳來，有一名年青人因車禍死亡，他的心臟或許適合我或閉月，而我和閉月正是在輪候冊的首二位。聽到這樣的消息，媽媽和閉月的父母都很緊張。

「不知道那心臟會適合你或我呢？」我說。

「不知那年青人是怎麼的人，他父母肯定十分傷心。」閉月回答。

我突然有種強烈不捨的感覺，無論心臟適合我或是她，都代表我們之中將會有一個離開醫院，剩下另一個人。跟著醫院傳來消息，要閉月準備心臟移植，因為那青年無論血型、HLA

（人類白細胞抗原，直接影響移植後會否出現排斥）、年紀、體重都和閉月匹配。媽媽聽到後很失望，而閉月的母親聽到後就喜極而泣。

閉月快要去準備手術了，這刻我甚為惆悵，不知要說甚麼好，她突然跟我說：「你要答應我，無論我之後怎樣，你也要堅強地活下去！」

「祝你手術成功。」我不知還能再說甚麼，但我想，所有人都應該看到我臉上失落的表情。

「答應我！這是你我之間的約定！無論你我任何一方發生任何事，另一個也要堅強地活下去！」

「我答應你！」在她溫柔的眼光下，我根本不能推辭。

然後閉月拉著我的手，勾手指約定。

正當閉月要準備手術時，突然傳來消息，手術要取消。因為這心臟雖然各方面條件都適合，但在最後一刻發現那年青人原來有隱蔽的遺傳病，不適合進行移植。聽到後，閉月的母親禁不住飲泣。

「真的很可惜！應該很快就有另一次機會！」我對閉月說。我知道這樣想很自私，但我的確有點鬆一口氣。

閉月沒說話，只是淡淡一笑。這一笑令我釋懷，一切已成過去。

這樣又過了一星期，這天我正氣悶得很，媽媽亦因實驗室有緊急會議要明早才會來探望我。正當我氣悶非常時，外面

忽然飄起初雪，我就想起小時和哥哥一起擲雪球、堆雪人的情景，我實在非常懷念那些日子。我就走到閉月的病房，去邀她上天台賞雪。

見到閉月後，我沒有立刻跟她說去賞雪，反而把昨晚晚餐剩下的布甸給她吃。閉月雖不貪吃，但我知她最愛甜食，而昨晚我因太飽而沒吃布甸。這刻我給了閉月吃。

「真的給我吃？」

我微笑著點頭。

在閉月吃完布甸後，我就邀請她上天台賞雪。

但她說：「這好像不好！很容易會著涼。醫生和護士也不會准許的，爸媽知道亦會責罵我們。」我早知道她會是這樣的反應，其實媽媽也常提點我不要著涼。

但我沒有放棄：「只一會兒，只是 15 分鐘，我們就只堆一個雪人就走，如果雪不夠多，我們就只賞賞雪就走，我們偷偷出去，只要在護士下次派藥時回到病房，就不會有人發現，我們只要穿夠衣服就不會有問題的！」

我看到閉月還在猶豫，最後我使出了殺手鐧，說：「你已經吃了我的布甸，就必須陪伴我，已不能反悔，這叫做等價交換。」

閉月雖仍有點猶豫，但最後還是無奈苦笑地點點頭。

於是我倆就多穿了一件衣服，還戴了毛巾作頸巾，就偷偷上了天台賞雪。初雪實在美麗，白色很純淨，令我的氣悶得以

舒懷。然後又堆了雪人，我倆都樂而忘返，這一去就是 40 分鐘。回到病房時剛趕得及麥姑娘派藥，一切都沒被發覺。當麥姑娘派藥時無意地碰到閉月的手，說了一句：「為何你的手這麼冷？」我倆對望微笑，這次偷玩旅程完美結束，一切都沒有被發現。跟著我就回自己的病房睡了一會。

晚餐的時候，我忽然發覺閉月不見了，起初我也不以為然。飯後我拿著布甸慢步到閉月的病房，準備再送給她作獎賞，但我竟然見不到她。看見麥姑娘走過，我忙問她閉月去了哪裡。

哪知麥姑娘說：「她在發高燒，所以暫時搬去了加護病房。」聽罷，我既錯愕，又擔心，更是深深自責。我立時打電話給爸爸，希望能知道多一點閉月的病況，也托他好好照顧她。心想有爸爸的照顧，她應該不會有事。那夜我偷偷到了加護病房探她，隔著玻璃門看見她，也不知是睡了，還是在昏迷。看到閉月在睡夢中也皺眉，我很是心痛，亦很懊悔我的任性。我拼命忍著的眼淚已從眼眶流下來，我隔著玻璃輕輕說：「你一定要好過來。」

就在這時，門外走廊有聲音走近，好像是麥姑娘的聲音，我忙說：「我明天再來看你。」之後我就閃身出門走了。

哪知第二天，閉月的病情惡化，一直在半昏迷的狀況當中，亦不許探病。如此就過了一星期，她吃著很重的抗生素，在加護病房的無菌環境中，由機械人護士照顧著，她的發熱

燒漸漸退了。正當我以為她會康復過來，哪知她的心臟突然加速衰竭。我隔著加護病房的玻璃看著插滿喉管的她，心情跌落至谷底。當爸爸到我的病房巡房時，我急問他：「月的情況怎樣？」

他默然不語，只叫我不用擔心，說他會盡力的。霎時我有一種不祥的預感，我跑到醫院的小教堂跪下，作出了我人生的第二次禱告，我七年多前曾為哥哥禱告，那是我人生第一次禱告，那時我求神讓我的哥哥不要死去，可惜他還是死了，自此我就發誓再不禱告。不知怎的，這次我又再向神禱告：

「神呀！你若是真的存在，你若聽我禱告，就叫月不要離開我。」

第三章
心臟的重量

　　我實在害怕，實在孤獨。我既要在父母面前裝作堅強，又要面對在醫院實在沒有朋友的孤獨。我在醫院已經快住滿三年了，其實早在我住院的第二年，除了我兒時一起長大的深仔，早已沒有人探我了，而深仔上一次來，亦已是三個月前的事。我根本已是一個活死人，已是一個被世間遺忘的人，除了我的父母外，世上再沒有人記掛著我，就像我不曾在這世界存在過一樣。我雖然住在單人病房，但隔鄰的病房曾經有不同的院友，我也不知大家算不算朋友，但他們不是三數個星期就出院，就是短時間離世。其實我有時會想，若我這刻離世，世上會有多少人為我流淚？恐怕還是只得我的爸媽。

　　「神呀！我求你，請你叫月不要離開我，把她留在我身邊。我求求你……」

　　熱切的禱告被我滴下的淚水打斷，跟著我只聽到我的飲泣聲，伴隨著內疚、寂寞、恐懼、不捨。不知過了多久，我哭倦了，就不知不覺在小教堂內睡著了。

　　可能是過度擔心的關係，令我有點虛脫，也可能是在小教堂睡著時著了涼，自那天起我的狀況開始轉壞。身體開始變得

很衰弱，意識也開始變得有點模糊。不知過了多久，我醒來發現自己躺在床上，迷迷糊糊的聽到母親的哭聲、聽到父親安慰媽媽說他必定可以拯救我，也迷迷糊糊的聽到麥姑娘和馮醫生的對話：「可惜，還這麼年輕！可惜就是等不到合適的心臟。」

也不知再過了多久，僅餘半點意識的我，隱約看到自己被爸爸推進了手術室，手術室聽不到有其他人的聲音，我只迷糊聽到爸爸說：「放心，我必定可以救回你！」

跟著我就迷迷糊糊的睡著了。這一覺我好像睡了很久，好像把一整年的覺加起來一次過全都睡了。其實在病發初期，我曾經很害怕睡覺，因害怕會一睡不起。在經歷過哥哥的死亡，那段時間，即使我當時已 13 歲，若不是媽媽陪伴著我睡覺，我根本難以入睡，有時甚至是爸爸唱歌哄我睡。即使我睡著了，也常常會發惡夢。有時會夢到死去的哥哥，有時又會夢到獨自一人去了一個陌生的地方。總之很長的時間我都睡得不安寧。但今天我睡得很好，若不是有一點痛楚，我想我會一直睡下去。但我總覺得有點痛，而且還越來越痛，我終於甦醒過來。醒來後，我的心臟還是隱隱作痛。

醒後第一眼就看到媽媽，痛楚立刻減緩。我勉強再把眼睛睜開一點，竟看到媽媽在哭泣。媽媽為甚麼哭呢？是因看到我甦醒喜極而泣嗎？我想問，但我還是一點氣力也沒有。我費力想說話，但是沒半點力氣，看著哭泣的媽媽，一時心情激動，又昏了過去。過了不知多久，我終於醒過來。這次我看見媽媽

伏在我病床旁睡了，這次醒來我感覺好多了，精神比以前旺盛。雖然胸口還是有點痛，但真的好多了，連手腳都漸漸恢復活動能力。我想媽媽必定是擔心我，以至倦極睡著了。我不想弄醒她。

我內心非常擔心閉月，所以此刻一恢復了氣力後，就緩緩起來，雖然還有點費力，但我還是慢慢走到閉月的病房去。我在門外看不見閉月，卻看見麥姑娘和張姑娘——張姑娘就是那個經常罵我們百厭的老女人。她倆正在整理房間和當中的儀器。我忽然起了童心，讓她看到這個突然甦醒的我，必定能嚇她一跳。於是我先躲在門外，靜候時機。

當我攝手攝腳的走近，卻無意聽到她倆的對話。

麥：「唉！到現在我還真不相信光醫生竟是這樣的人！」

張：「唏！有甚麼信不信，世上不少人都是假仁假義，道貌岸然，只要牽涉到自己的利益就會現形，這根本是平常事。」

麥：「但作為一個醫生，總不可以謀殺一個小女孩，把心臟拿去給自己的兒子。我認識光醫生十年了，到現在還不相信他是這樣的人。」

聽到這處我真不敢相信自己所聽到的，呆立在門邊。

張：「知人口面不知心，聽說那小女孩閉月都是光醫生特別從別院調過來的，雖說他是專家，但可能一直都是立心不良。」

麥：「唉！不可能這麼處心積慮吧！」

張：「話說回來，將那女孩的左心與光仔的右心結合移植，這樣聞所未聞的手術，虧他想得出來。如果光醫生不是做出這種傷天害理的事，他真是一位頂級的天才醫生。」

　　閉月的左心竟然移植到與我的右心連結！那麼閉月現在怎樣？爸爸又怎樣？我想大聲叫「謊話！」但話還未出口，我腦海已一片空白，霎時天旋地轉，便暈了過去。

　　不知過了多久，我悠悠醒來。媽媽就在我旁邊，我連忙問她，媽媽知道根本沒法隱瞞，所以就對我說了實話，她細細道來。原來在我昏迷過後，情況越來越壞，終於有一天，爸爸把所有醫務人員調走，然後把我和閉月都推進手術室，為我倆進行心臟移植手術，這些複雜的手術當然不可能一個人做，但有兩位機械護士幫忙，以他的優良技術就可以勝任。爸爸將閉月的左心和我的右心連結，而我的左心去了哪裡，當然沒有人知道。其實即使科技進步，將兩邊不同的心臟連接在一起，這樣的手術還是劃時代的。

　　而且由於我們兩人的血型不同，我的是 O 型，閉月是 AB 型。正常情況是不能移植的，所以手術後，爸給我注入高劑量的藥物，壓制了我的類白血球抗原 HLA，如果兩人的白血球抗原不相符，這 HLA 會令人在器官移植後出現排斥反應的。但爸爸用藥物暫時抑制了我的 HLA，令我的 O 型血和閉月的 AB 型血可以兼容，減低了身體對閉月心臟的排斥，直至她的心臟在我體內穩定為止。我昏迷了多天後，閉月的心臟也穩

定下來，我亦漸漸康復過來。爸爸同時在我體內植入了納米機械人，雖說是納米機械人，實際上是微米大小的，是最新的T125型號。T125納米機械人除了會監察我的維生指數及心臟情況，亦會幫助我清除手術後可能引起的血栓，並量度我的心臟有否接受足夠的藥量，以方便調校治療方案。爸爸之後再在我的傷口噴上納米玻璃膠布，這納米玻璃膠布是絕對防菌，並且能止血又能免除拆線後的疤痕。而爸爸把這些藥物和診治方案都輸入了電腦內，醫護人員只要照著做就可以了。

手術後，爸爸把我留在加護病房由機械護士照顧。醫院的閉路電視拍到他搬著閉月的屍體離開醫院，沒有人知他去了哪裡。但離開醫院四小時後，他的車被警方發現，而在追捕過程中，爸爸因為中槍，最後車輛在山邊失事了，車輛燃燒成為灰燼。驗屍報告相信爸爸早已中槍身亡。現場只發現一副燒焦了的男性遺骸，卻沒有發現閉月的屍體。

這時的交通道路共分作三層，下層是供舊式的汽車行走，中間一層是空中道路，利用強大的電磁力，使汽車浮在空中行駛，這層道路暢通，能高速行駛。但這層道路的使用費非常昂貴，所以只供富人使用，而且在這道路行駛的車差不多全都是自動導航的，絕非窮人可以負擔的。這些飛天自動導航車，可說是汽車和直升機的混合體，除了可如汽車的直駛、退後和轉彎，還可以如直升機般於空中原地停留、原地旋轉和垂直升降等。而且這些飛天車還可以自動摺疊，摺疊後就只約一個公事包或背囊的大小，易於攜帶及收藏。

而最上層的是個人飛行器的道路，人們只要配上有翼的噴射飛行裝置，並付上道路費，就可以在上面自由飛行。但這層道路的飛行牌照太難考取，而且飛行裝置亦甚昂貴，當然富人會負擔得起，只是富人大多喜歡舒舒服服的坐在自動導航車中，享受香檳和各種娛樂，所以這類飛行器只有一些年青富人用作賽車。亦因此這層道路一般人甚少使用，大多是飛行警察和運送貴重物品的速遞員才會使用。相反下層道路除了經常阻塞，還頗烏煙瘴氣，爸爸為了掩人耳目，而改在下層走（上層有太多 CCTV），但最終還是被發現、追捕。

雖然閉月的屍體不見了，但由於手術室的閉路電視拍到了手術過程，看到閉月的心被摘去，所以法庭確認她已死亡。閉月的父母很傷心，把她的衣冠埋葬在月球的墳場上。現代城市的地價實在太貴了，只有極富有的人才可透過捐獻，把先人葬在市區的教堂或少數的墓園中。一般人會把親人葬在數百里之外的郊野，而不少富有或中產人士索性把親人葬在月球上，既得體，又能作為身份象徵，甚至有點浪漫。

在月球上，兩個最大的殯葬場分別在月球最高的山丘——惠更斯山，或是在地球上最易看見的第谷坑。在那裡人們大多不立墓碑，反而會把骨灰埋在地下，再在上面種一棵仿真樹。這些仿真樹有很多不同的品種，雖然不能生長，但卻能長青，甚至有些貴價的仿真樹，還能隨著季節而令樹葉變色，再在冬季收起葉子。人們會在樹上刻上親人的名字，所以第谷坑周圍都種滿了各種的仿真樹，人們每次抬頭望向月亮就好像拜祭親

人一樣。原本月球上還有第三個墓地，賣點在月球的最高點，但這最高點偏偏位於月球背面，在地球上永遠看不見。人們當然知道人死後就永不相見這事實，但卻未必能接受。所以這月葬場很快就結業了。

當然列國不會只在月球辦旅遊或殯葬，中、美、俄原本想在月球大舉殖民及建立軍事基地，但遭到聯合國和歐洲、日本、印度等國大力反對，最終三國就只有在月球背面建立少量基地，除了軍事基地，還有採礦的基地。採的礦是月球上的氦3這種稀有原素和各種稀土，但當然中、美兩國都不會就止罷休。因此在月球的正面成立了經濟特區，由各國組成的股份公司共同開發，當然美國佔最多股份，中國、歐盟次之。而月葬場和旅遊區都在經濟特區中。

說回閉月的事件，警方相信爸爸是想毀屍滅跡，在毀屍滅跡後，卻於駕車逃亡期間被警方發現，並在追捕時中槍，繼而失事身故。警方說一切都絕無可疑，爸爸被裁定了一級謀殺罪，因此我就成了殺人兇手之子。而爸爸之所以由受人敬仰的醫生變成殺人兇手——全因為我。

手術後我的身體漸漸健壯，只不過心靈卻越來越深沉。我完全不能面對醫院內眾人的眼光及竊竊私語。一天晚上，在夜闌人靜時，我拿出了一把事先收藏的生果刀，把刀對準了自己的心臟，我想是時候把心臟歸還給閉月了。或許我這個殺人兇手死了，媽媽便不用再承受他人的指責。

我把刀對準心臟，緩緩的插入。血已流出，是有點不捨，是有點痛，但我對自己說，只要再插深一點，所有不幸的事情就可以終結。

就在此時，突然傳來歌聲，卻是媽媽在哼一首聖詩。這曲原是我兒時，爸爸在哄我睡覺時經常哼的搖籃曲。我實在不知道媽媽為何會突然出現。

我對她說：「讓我死吧！我死了，你就能重新過活！」我仍然堅定地握著刀。

媽媽潸然淚下，卻仍哼著那首歌。我不禁想起兒時爸爸疼我的種種情景。年幼時，由於爸爸非常忙碌，沒有太多和我及哥哥相伴的時間，所以每晚他都會哄我們睡覺，多數是說故事。有時我們聽故事聽悶了，我會叫爸爸唱搖籃曲哄我們睡。爸爸說他不擅歌唱，多會推搪，有一次他難以推搪，終於勉為其難唱歌哄我們睡。

當我合上眼，竟傳來一首聖詩的歌聲。

我立時張開眼，「唓！為何會是詩歌，而不是搖籃曲呢？又不是在教堂中崇拜！這不是騙人嗎？」

但爸爸說他不懂唱歌（其實他也真的唱得不太好），他說這是他唯一懂得的歌，是他年少時隨父母去教堂學的，也是唯一能唱得較好的歌。已過世的爺爺不是教徒，但每逢聖誕節都會帶著爸爸上教堂，這首歌也是爺爺教他唱的唯一一首歌。所以每次我和哥哥要他唱歌哄我們睡時，他都會唱這首歌。起初

我倆也會抗議，但久而久之，我們都習以為常，並且一聽到這首歌就會有一份安祥平靜的感覺。這刻我當然又想起了爸爸。

「就是為了爸爸，為了月，我更要以死謝罪！爸爸的罪行就讓我來代贖，你就讓我死吧！」

「那你死吧！只是你死後，我也會跟你一起死！」聽後我停下了刺入的動作。

媽媽伸手過來把刀輕輕握著，看著媽媽的手流血，我就把握刀的手放開了。媽媽就好像絲毫感覺不到痛楚般，輕輕把刀拿開。「你知道你心臟的重量嗎？你這心臟盛載著我和爸爸對你的愛，以及他的犧牲！別人當然可以指責你爸爸冷血，但你不要這樣，你只要記著這心臟的重量！」

我再也忍不住，擁著媽媽嚎哭，媽媽靜靜的流淚，默然輕撫我的頭。原來媽媽下午時已發覺我眼神有異，我跟她說再見的神情亦不自然，我早說過我從來都沒能騙過她，她太了解我，所以一直留下來在外邊悄悄觀察我，在我自殺的一刻就出來阻止。這次是我唯一一次嘗試自殺，這次後我再也沒有做傻事。

但我仍不能忍受別人的眼光，尤其是與爸一起工作的醫護人員，所以儘管媽媽反對，我稍微好轉就立刻要求出院。媽媽雖然反對，但在我偷走了兩次後，她終於接我回家了。哪知回到家中，日子也一點都不好過。雖然事情已過了兩個月，但每兩三天就會有人向我家的窗戶擲石頭。再過兩三天又會有人在

我家外牆塗鴉，寫的都是殺人兇手之類的字。在電視台報導了閉月的父母傷心的情況後，就更變本加厲！

還記得一次他們擲石頭，打破了我家前面的窗戶，我走出屋外想趕走他們，哪知一出去，就被他們擲雞蛋擲中，雞蛋把我的頭、衣服全弄髒了，我很憤怒，想衝出去打那人一頓，但雞蛋不是一個人擲的，而是從四方八面來的，我究竟要向哪個方向跑、要打他們中的哪個呢？就在我呆立之際，母親衝出來擋在我身前，她擁著我發抖的身體。雞蛋依舊從四方八面擲來，我看到媽媽被擲，就大叫停手，並立時想衝出去，無論打誰都好，都要制止他們。但媽媽就是用盡全力的擁著我，不讓我報復，不容我稍動。我們兩個就站在那裡，蛋液由我們的頭，流向頸，再流入我的衣服內，直至流進我的鞋襪裡。不久警車的響號響起，大家便四散，警車駛到了我們屋前。警察被召來，是因為有鄰居投訴太吵，但警察到來，卻沒有拘捕那些擲雞蛋的人，反而是警告我們要檢點，說這裡是高尚住宅區，叫我們不要在這裡生事。若不是媽媽強拉著我，我早已揮拳衝向那兩個警察了。

及後法庭裁定了爸爸的罪。我記得在法庭上，檢控官華萊士侃侃而談（這案件受到社會很大關注，因此他高調和進取的表現令他經過這案件的審訊後而聲名大噪），訴說我父親如何泯滅人性，如何冷血殘酷，奪去無辜小女孩的性命，若果他還未死去，實應判處兩次死刑。他的話令我感到極度憤怒，

但同時也極度羞愧。憤怒令我想衝出去把他立時殺了，羞愧令我想摧毀自己。但母親了解我，知道我的想法，她溫柔而堅定地握著我的手。她的溫柔令我的怒火漸降，她的堅定令我殘留絲絲生存盼望。好不容易捱過法庭審訊，但更大的審訊這刻才到來。社交媒體上不斷有輿論說，既然父親已不能接受懲罰，那我們兩母子也應受到懲罰。當然法庭沒懲罰我們，但我們還是受到了種種的懲罰。在社交媒體中，我們收過死亡恐嚇、侮辱、謾罵、騷擾，所以很快我和媽媽就斷絕了所有社交媒體。

不久母親就給實驗室解僱了，老闆說是受了客戶及經費募捐者的壓力，不得不這樣做，因為所有客戶和募捐者都不再信任她了。而媽媽因為殺人犯太太的身份一直未能找到工作。在兩天前，媽媽從報章看到實驗室在招聘夜間清潔工，她竟然打電話應徵，因我們非常缺錢，所有的積蓄都用作賠償給閉月的父母了，連我們住的大宅也賣了，兩星期後就要搬走。媽媽除了應付生活費外，還要支付我的醫藥費，所以她懇求實驗室的老闆，老闆就讓她以短期合約形式受聘，反正這崗位只在晚間清潔，根本不需要見任何外人，除了保安，亦不會被人看見。

是否很荒謬？一個月前媽媽還是實驗室的主管，現在竟然是其清潔工。我實在接受不了，我曾極力反對，但媽媽卻堅持，並對我說：「無論生活多困難，我們也一定要堅持下去，因為這是爸爸以性命換回來的日子！」

媽媽換回了兒子，但失去了丈夫，也失去了工作，我實在不知道這是否符合她原來的意願。得著了生命，卻損失了父親

和尊嚴，爸爸對我的愛換來罪行，難道這就是等價交換？愛與罪，就只有這個選擇？爸媽雖然都愛我，但卻不了解我。如果可以選擇，我寧願回到以往，或許只有 11 個月的壽命，但我有一個受人尊敬的父親，有一對痛愛我的父母，這對我來說已經足夠。但我能選擇嗎？

第四章
我的心停頓了

由於我身體已康復，我就重新上學了，這亦是媽媽堅持的，她想我考進大學，然後過平常人的生活。雖然我已快 19 歲，但由於在醫院三年，所以我還未高中畢業，而學校此刻對我來說已變作了一個戰場。起初是因為我在學校被欺凌，但很快就演變成一連串的暴力事件，我對每一個出言侮辱我爸爸的人，都絕不留手。其實手術後我已完全康復，而且我自小便習武，再加上我比同年級的大部分同學都年長，所以單打獨鬥，我從不畏懼。但當然很多時我會寡不敵眾，但無論面對多少個對手，我都會用拼死的打法，無論我受多少次傷或傷得有多重，我的對手也絕不會好過，所以很快在校就沒有太多人敢跟我打架，但就算如此，在校仍然有不少鄙視的眼光望向我。

有一天下著滂沱大雨，我獨自在學校飯堂的角落吃飯，但不遠處的肥波在瞪視我，肥波是我校這年級的惡霸，因他的身材異常高大，所以打架時可說所向無敵，因此時常有五、六個同學作他的小傻囉跟著他，但我爸爸曾為他媽媽醫治心臟病，所以從前他在校從來沒有打擾我。

但這刻他瞪視著我，跟著還跟他的友伴基雲說：「你又不

吃那些青豆，浪費了食物，不如讓我賦予它們一些意義吧！」說著就將青豆用湯匙彈向我的方向來。雖然我能一一避過，但我勃然大怒，霎時就將我碟裡的飯菜擲向肥波，他倒沒有我的敏捷，給我擲到滿面都是。肥波當然大怒，向著我衝過來。

面對他們六個人，我雖然不怕，但當然也不能白吃虧，反正他已給我弄到一臉骯髒。我奪門而逃，哪知我剛逃出學校後門時，撞倒了剛巧走過的阿壯，就是這麼頓了一頓，我就給肥波的小傻儸偉雄追上。他們一窩蜂的把我壓在地上，肥波氣沖沖趕到，一腳踢向我腹，再一腳踏在我面上，一時間拳來腳往都招呼到我身上。我疼痛萬分，滿身雨水，眼耳口鼻都滿是泥漿，我只知打不過他們六個人，但我絕不會喊痛求饒。我一直捱著，終於拳腳都慢下來，跟著我聽到肥波說：「這是為那女孩打的，我媽媽被你爸爸治過，我真感到羞恥！」

就在他說到我爸爸後，我萬念俱灰，彷彿也認為他們應該打我。跟著他拉開他的褲鏈，我連叫「你要做甚麼？」我大力反抗，但其他五人用力按著我，我著實動彈不得。

他獰笑，「這是為你剛剛弄骯髒我的。」說後就把尿撒向我。

我竭力合上眼和口，但一邊臉都沾上了尿液，當然一些還會流到鼻中，連按著我的偉雄和基雲也沾上不少。我受到奇恥大辱，卻全然不能還手，只好心中默記此仇，期盼將來再報。

就在此時，一粒碎石不知從哪裡飛過來打中肥波，肥波大

罵「誰？」沒有人回答他，但他一吃痛，撒尿的準頭就偏了。所以頭半泡尿是撒在我身上，之後的都撒在他同伴的身上，特別是最近我的偉雄身上。

不久肥波撒尿完畢，穿回褲子，但他仍意猶未盡，眼看我的智能眼鏡跌在路旁，就一腳把它踏爛。當肥波一腳踏爛我的智能眼鏡時，我的憤怒到了極點，因為眼鏡裡面留有閉月的照片，是我偷偷拍她的照片。那眼鏡是我現在唯一擁有較高科技的產品，是爸爸送我的禮物，能用聲控控制拍照。我這型號更先進，只要用瞳孔望著鏡片上方的小紅點，就會自動拍照。我曾偷影過閉月一些照片，起初只是貪玩，或是想捉弄取笑她，所以起初偷拍她的照片，在我跟她分享後都不會儲存。但慢慢就拍多了，並儲存下來，為的是喜歡拍下她的天真、她的自然。在她出事後，我覺得不配保留這些照片，所以沒有抄下存底，但無論如何也下不了手把這些照片刪除。

這刻眼鏡給肥波踏爛，我不知從哪裡來的力氣，即使已經有五個人壓著我，我仍能憤力撐起，一把將五個人摔在一旁，跟著一把將重二百多磅的肥波舉起，而且其中一手恰好正正抓著他下陰，他痛得呼呼大叫。

即使是沒有病前，我也沒有這般氣力，另外兩個人分別從兩邊打我，但我這刻一點感覺也沒有，一把將肥波擲到地上，再跨到他身上，揮拳打他，邊喊著說：「求饒就放過你。」肥波在大呼小叫，旁邊的幾人輪流的打我，但我全不理會，只揮

拳打肥波。終於基雲拔出他的彈弓刀作勢恫嚇我。哪知我一把抓住刀身，把刀搶過來，大家看著我滿手鮮血，都嚇呆了，四散而逃。而肥波看著我手掌滴血，亮閃閃的刀在眼前晃動，也驚得呆了，連忙說：「對不起，我錯了，求求你放我走好嗎？求求你！」

我左手摑了他一巴，再向他吐口水，就放他走了。我獨自一人站在雨中，雨水清洗了我的血，但卻無法沖走我心中的疼痛。

自此以後，就越來越少人敢惹我，因為無論多少個對手，我都會拼命的打退他們。而且就算寡不敵眾，我亦會伺機伏擊，靜待時機報復，或來個各個擊破，漸漸我在學校的名聲便令人聞風喪膽。

隨著日子一天一天的過去，我的身體越來健壯，身手也越來越好，這或許是閉月的心臟的功勞吧！漸漸地即使沒人挑釁，但只要有人對我目光略為不善，我也會對他大打出手。因此媽媽每隔數天便要見老師，在媽媽的苦苦求情下，並因為我的情況非常特別，學校給了多次機會。我每次在媽媽被老師召見時，因為不想她傷心，所以一句話都不會多說。但我實在討厭看著她卑躬屈膝，因此每次求情後我反會變本加厲，很快我就被趕出學校。

媽媽無奈之下，決定帶著我，遠離此地，希望能重新生活。

在爸爸死後九個月，我和媽媽搬到約千多公里外的一個

名叫藍城的小城住下來。由於要盡力隱瞞身份，媽媽隱瞞了自己的學歷和履歷，最後只能在當地一間餐廳找到一份侍應的工作。我們住的是貧民區，入住一層相當舊的樓房的地庫，破落的房間，還有破落的小窗戶，這裡的破落和我們以前的向海大宅真有著天壤之別。以往我們有兩個機械管家，還有我心愛的機械狗小天，但小天在我們舊屋的花園被人惡意破壞了。現在寵物當然沒有了，我們這屋有的就是蟑螂和老鼠。只一年間，我們就由富人變成了貧民。畢竟時代在變、科技在進步，但貧富之分從來沒變，階級更是永恆不變。

其實我多次提出不再讀書，要外出工作，但媽媽還是堅持要我起碼高中畢業。她雖然勉強我入讀當地一間學校，但不夠一個學期我還是因屢次打架而被逐出校。

這天媽媽在我回家後，向著我發怒：「你真的要這樣嗎？怎麼經歷這麼多還不懂事！怎麼不努力讀書？怎麼不能平靜地過活？你可知你現在每天都是賺來的！」

「既然是賺來的，當然是要隨心所欲地過活。」我理直氣壯的說。

「難道用你父親換回來的性命，你一點都不懂珍惜嗎？」

「我珍惜，所以我便學習爸爸！爸爸既然是一個十惡不赦的人，我當然要好好學習他！」

我話剛說完，媽媽已摑了我一巴掌。其實以我的身手和反應，我本應能輕易避開這巴掌的，但我卻受了她這一巴掌。我

這輩子從沒有被媽媽打過，起碼在 15 歲病發後就從沒有，我知道我的話傷了她的心，所以她這巴掌我全然沒閃避。

眼淚已從她面頰緩緩落下，媽媽說：「你不可以只是記住小時愛護你的爸爸嗎？他為你犧牲，為何你偏偏要跟別人一樣的損他！」

看到媽媽的眼淚，我真的有點後悔，可是聽到爸爸為我犧牲，不知怎的，突然怒火沖天，說：「他不單只犧牲了自己，還犧牲了月，真的偉大！」

媽媽流著淚說：「你不可以原諒你爸爸嗎？你可記得爸爸有多愛你嗎？」

我一臉不屑：「多謝了！我情願他讓我死去！」

我不忍再看媽媽的眼淚，說完了就立刻轉身，走進房間，掩上門。但隔著門，我聽到媽媽說：「在別人眼中，你爸爸的行為的確冷血，是罪行，所以所有人都可以罵你爸爸。但他所做的全是因為愛你，他對你的愛，從來沒有一刻變更！就算全世界都與你為敵，我和爸爸仍會在你背後與你同行，你永遠都不會孤單的！」

我還隱約聽到媽媽的飲泣。聽著她的說話，我不禁流下淚來，心裡著實後悔，甚至有一刻的衝動想出去跟她道歉。但不知怎的，我沒有那勇氣。在學校以一敵十，我也不懼怕，但我就是沒勇氣對媽媽說出那三個字。最終我也沒有出去，我恨我爸爸，用這樣的手段救我，但我更恨我自己，連累了爸爸，要

他這樣救我。但我還是很愛我媽媽，只是我被憤怒蒙蔽。人不能與烈怒對話，只能與理性對話。但我總是被憤怒掩蓋，以至做出令人懊悔的事。我以為我是在懲罰我自己，其實我懲罰的卻是身邊愛我的人。

這晚我徹夜難眠，在掙扎是否應對媽媽道歉。一時內疚、一時憤怒、一時自憐、一時自傲，內心掙扎了一輪後，到晨曦倦極就睡著了。天未亮，我就聽到開門聲，關門聲把我吵醒，是媽媽如常的上早班去了。當我仍在掙扎要如何面對她，她已關門離去。我就想不如在她下班時，買點她喜歡的食物，就買個蛋糕吧！她最愛吃甜食，這樣應該可以了，也用不著直接道歉。

我一直睡到午後，跟著胡混吃了一碗麵就出去了。這陣子既然輟學，我決定要過得寫意，我四處流連，又去了百貨公司去看最新的電子遊戲，最新的立體投影 AR game 我渴望了很久，以前我也擁有過不少，可惜現在再沒有能力買了，唯有在百貨公司的櫥窗看 DEMO。不一會就到了黃昏，我趕忙去到蛋糕店，好香，我果然沒有來錯。

我摸摸口袋，我的智能卡中只有約二十元，但最便宜的蛋糕也要三十元。怎麼辦呢？我剛想離去，但香味實在太誘人了，而且就這樣離去，那我怎樣向媽媽賠罪呢？於是我就想，不如趁店主不為意時，偷一件小蛋糕吧！以我這刻的身手應該可以做到。為了討媽媽歡喜，我想偷一次也不打緊吧！前面的

女顧客，由於拿著太多東西，剛買了已包裝的蛋糕就放在收銀桌上，她正努力在手袋中找她的電子錢包。我想這就是最好的機會。

我剛要下手的那一刻，突然聽到後面的一個長者說：「做人不可以貪心的。」我嚇了一跳，我還沒下手，怎麼會被人發覺？我回頭一望，原來長者是在教導他的孫兒，他的孫兒剛剛已買了一件蛋糕，還吵嚷著要多買。

「做人不可以貪心的。」這正是我爸爸常對我說的話，他常說我們擁有這麼多，一定要感恩。每當我嚷著要買新的游戲機時，他就會跟我說這句話。這刻我內心交戰著，一把聲音叫我偷，另一把聲音卻叫我不要，掙扎了幾分鐘，我終於打消了偷的念頭。

我走出了店外，不斷徘徊、想辦法，忽然我見到一個從前在學校被我打過的同學，於是我一手拉著他。他非常驚慌，以為我又再想打他，哪知我一把將他拉到後巷，跟著問他：「你有多少錢？」

他戰戰兢兢的說：「38 元。」

我大喜，並打開手掌：「把錢轉來給我。」

他雖不願，但還是戰戰兢兢的把智能卡的錢轉了給我。我看著他的表情，便對他說，不是白拿你的，我以我的手錶交換，如果你喜歡就交換，不喜歡就當作抵押，將來再贖回。說著把錶塞到他手中，轉身就走。

拿著 58 元，我終於買了一件媽媽喜愛的朱古力蛋糕。我歡歡喜喜的回家，希望媽媽收到這份驚喜，也會同樣高興。媽媽這時候應已放工回家做飯，我趕忙回家。我哼著歌，走到家門口轉角時，突然有一個男人迎面衝過來，跟我撞過正著，雖然沒把我撞倒，但卻令我感到疼痛，我破口大罵：「瞎了嗎？」心裡害怕蛋糕被他撞得變形。我趕忙看看蛋糕，慶幸蛋糕沒有被撞至破爛。但不知為何，我竟然看到我的衣衫上染有血跡，難道撞了撞，我就受了傷？我摸摸胸口，確保自己沒有受傷。

　　就在我看蛋糕和驗傷的一剎那，那男子就已疾走而去。我回頭看那男子，看到他的手在不停滴血。我心中疑惑，怎麼他給我一撞就受了傷？怎麼他受了傷也不停下來處理傷口？

　　我大叫：「喂！你受傷了呀！」但那人頭也不回的急步走了。

　　我不再理會那怪人，「幸好蛋糕完好無缺，今天還算幸運！」

　　我快步走到家中，卻呆住了，家中的門竟然打開了。以往我住的豪宅，門鎖都是特級堅固的，並且用人臉識別技術開鎖，完全不用帶備門匙，若有人嘗試開鎖就會遙距通知屋主。但現在我們住的是破漏小屋，除了簡單門鎖外，根本完全沒有保安可言，所以媽媽千叮萬囑出門必須上鎖。我明明記得出去時是有關門並鎖上的。在貧民區住，家門是必須要上鎖的。這有點不尋常，於是我快步推門。哪知我一進門就更震驚了，屋

內四處都很凌亂，莫非有賊人入屋盜竊？「媽！你在家嗎？」我大叫。

　　跟著我推開房門，嚇得呆了，媽媽倒臥在地上，地上、她身上滿是血，血不斷從胸口流出，我急忙扶起她，隨手拿過一條毛巾，壓在她胸口的傷處，希望能幫她止血，但她有多條長長的傷口，毛巾瞬間全染成深紅，血仍不斷的流出，「媽媽……媽媽……救命！救命！有人受傷了呀！」我慌忙大叫。

　　她目光凌亂，突然望向我，眼中現出一絲的曙光。她的嘴唇微微震動，像是想向我說話，可惜偏偏一句我都聽不到。看到她吃力的想講話，我眼泛淚光，大叫「救命！救命！有人受傷了呀！」我轉頭對媽媽說：「媽媽……媽媽……你先休息一會再說，我去找幫忙來！」我剛要離開去找幫忙，媽媽原本沒有力氣的手突然一把將我拉住。我就停下來，俯伏下來貼近她的嘴，希望能聽到她想說甚麼，可惜我還是聽不到，我再次起來想要去找幫手，但媽媽仍然用沒有力氣的手拉著我。

　　我只能看到她的口型，她竭力說了幾個字，跟著就沒能再說了。

　　她的手垂下了，但眼還沒有合上。

　　我急忙搖動她，「不要睡！不要睡！不要離開我！」

　　媽媽不再回應，室內除了我的咆哮聲，就再沒有其他聲音。

　　一刻後我稍微冷靜下來，她身體仍是暖的，我對自己說，

或許還有救活她的可能性，我把她放在床上，用毛巾包裹著她的傷處，希望能為她止血，但她有多處刀傷，我胡亂的包紮真的能止血嗎？跟著我胡亂的做心外壓，也不知是否應該這樣做，我不斷呼喚她，盼她能醒過來。

不斷壓、不斷壓、不斷壓……血漸漸少了，是我成功止血嗎？還是她的血已流乾？我救回了她嗎？不對！她的身體越來越凍。我還是不敢停下來，繼續壓，不停壓。隨著她的身體漸漸變得冰凍，我就越來越看不清楚她，原來淚水早已模糊了我的眼眶。這樣過了15分鐘，我已筋疲力竭，我終於停下來，她的心停止了跳動，我的心彷彿也停了下來。

日已落，室內越來越暗，黑暗中只剩下我一人，擁著我的媽媽，我在世上唯一的親人。我緊抱著媽媽，內心非常懊悔，為何今早沒有好好的向她道歉，為何這些年來都未曾好好的對待她，總是令她傷心難過。我萬念俱灰，覺得生存在世上實在毫無意義。我無意望到床邊書桌上的開信刀，再次萌起一同死去的念頭。但當我再望媽媽的臉龐，我忽然在想媽媽究竟想跟我說甚麼呢？我竭力想，但腦海一片空白。

我突然想起，剛剛在屋外撞到的男人，那手中還在滴血的男人，莫非他就是兇手？莫非從他手流下的血就是我媽媽的血？我霎時醒悟，這刻我絕不能死，我怎能讓媽媽死得不明不白。她這樣慘死，我一定要查明真相，殺害她的人，我要他求生不得，求死不能。霎時，憤怒填滿我的胸膛，我不能死，我

不能死！我內心不停呼喊著：我要報仇！我要報仇！最終我大
聲咆哮打破黑夜的沉默，我大喊：「我要報仇！」

第五章
送孤

　　之後我冷靜下來，並報了警。我檢查媽媽身體的傷口，
她的身軀有多條刀痕，都是平行的，就像有數把刀同一時間砍
下一樣。我想甚麼人會這麼凶殘呢？又為甚麼他要殺害我的媽
媽呢？冷靜回想剛才的情景，我撞上的那個男人會不會是兇手
呢？從他匆忙離開，加上手上滴血去推斷，他是兇手的可能性
極大。他有甚麼特徵呢？我只依稀記得他頭戴著棒球帽垂下
頭，把面貌的上半部遮蓋了，令我看不清他的面貌，而且我當
時只擔心蛋糕有沒有被撞壞，也沒太在意他的相貌。

　　我盡力的回憶，期望警察可以幫忙，可以快速的破案。
其實全國有不少監察閉路電視，大部分都有人面識別功能。偏
偏我們住的是貧民區，監察閉路電視並不多，亦因此完全沒有
拍攝到我所說的那個男人。由於事情發展得太快，我沒有太多
關於那個男人的記憶，只記得他中等身材，穿著一件灰色運動
衣。我根本看不清他的相貌，唯一有特別印象的是他戴的手錶
很特別，有一個發光的外框不斷在閃亮和旋轉，這就是我唯一
較深的印象。

　　我一次一次的進出警局，起初只是協助給予口供，但警方

對案件調查完全沒進展，只認為是一般的劫殺案。這時的社會貧富懸殊，貪污盛行。由於我沒有能力給警察黑錢，亦不是甚麼大人物，警方對於懸案都只會敷衍了事，彷彿偷竊、殺人與貧窮相比，貧窮才是人類最大的罪惡。

漸漸我天天進出警局，向負責此案的警員查理查詢案件的進展。當案件沒進展，甚至石沉大海後，我越發憤怒，大罵警方無能、廢物，特別是負責案件的查理。最初警察念在我剛死了母親，對我還算包容，但漸漸他們失去了耐性。一天我又到警局追問查案進展，查理就如上次般，想借去洗手間避開我，上次我一直等了他四個多小時也未能再等到他。這次我不會讓他重施故技，我急忙在他進入洗手間前拉著他。

「你今天要給我一個交代！」我欠我媽媽一個公道，如不能還她一個公道，我絕不會原諒自己。

「回家等吧！有消息就會通知你，我們已經很繁忙，不只是單單查一宗案件。」

「你每次都這樣說，今天你起碼告訴我案情的進展吧！」

查理越發不耐煩，「你可知這區有多少盜賊？這豈是你們想像那麼簡單的事，一年中也有不少妓女被劫殺！」說著甩開我的手就想走。

我勃然大怒，查理竟將我媽媽比作妓女，我絕不容許他侮辱我媽。我摑了查理一巴，「廢物查理，你敢侮辱我媽！」

查理當然也大怒，反手想摑我一巴掌。但我早有準備，我

一手捉著他的手，一把扭他的手腕，然後急轉身走到他背後，想把他的手腕扭斷。但霎時已有兩個警察衝出來按著我，我不得不放手。查理痛極，恨恨的摑了我一巴。

警署警長此刻出來了解發生了甚麼事，我大叫「警察打人！查理打我！」

查理當然否認，四處的人也互打眼色，一同說沒看到，他們本來就都對我厭煩。

警長跟我說：「你可以投訴他，但你沒人證，也沒物證，在洗手間前沒有閉路電視，你若投訴只會令你媽媽的案件調查進展更慢！」

我唯有悻悻然的離開。

兩天後我在查理回家的路上伏擊他，我誓要報他侮辱我媽媽的仇。我在他家附近的橫巷中伏擊他，從後面用布袋套著他的頭，跟著用相同的手法扭斷他的手臂。我在伏擊他之前，已經把街尾的閉路電視破壞，要他來個死無對證。可是我不知道原來對面的那座高樓，在 40 樓的天台上還有一部向街的閉路電視，是一部 64K 的高清攝錄相機，我的一舉一動還是被全部清楚拍下來。於是我被通緝，我唯有離開藍城，我還要為媽媽報仇，絕不能坐牢，於是我展開了我的逃亡生涯。即使我襲警，但這不是甚麼大案，不會全國的通緝我，只要我離開藍城，在另一處不惹事，就可以避過通緝。

一天，我在路過一個叫洛機市的小市鎮時，聽到有人在吵嚷，我伏在路旁的矮樹叢中觀看，原來是三名警員正在向商店

收取保護費。這世代本就警賊難分，警方欺壓市民並不是稀奇事。我看見其中一名警察因為一間餐館的店主交不出保護費，就把他壓在地上，那些警察終於在他身上搜括出他僅餘的金錢，但還覺得不夠，於是在他的餐店拿取了較值錢的貨品和食物才離開。警察於光天化日，眾目睽睽之下欺壓平民這情境，以往住在大城市裡，治安雖然不好，但年少時住在豪宅區就從未見過這情況，即使後來住在貧民區，這種事也是少見的。想不到在這小城中，這種事竟然會在光天化日下公然發生，看來這個洛機市是一個無法無天的城市。這樣的警察讓我想起查理，令我非常的憤慨。但我自己也在逃亡，我又能作甚麼呢？我心裡想，還是盡快離去為妙。但見警察剛走，賊匪就至，他們就在各商店大肆搶掠。其實警察還在不遠處，但聽到呼救聲，竟然頭也沒回的走了，或許是惱怒剛才還取得不夠多。但因店內的金錢和值錢的商品已所餘無幾，賊匪就毆打店主。我看著心裡難過，但實在自身難保，亦不想惹麻煩。

正當我想離開時，我突然聽到女孩的叫聲。原來賊匪找不到錢財，就打店主女兒的主意。我遠看店主的女兒相貌十分秀美，秀美中又帶著兩分硬朗、英氣，看樣子應比我小幾歲。她從後屋衝出來叫賊匪不要傷害她爸爸，因此給賊匪捉住，店主哭著求賊匪放過他們。賊匪當然不會理會，眼看少女秀美，更是起了歹心。正當他們想侵犯那少女時，店主奮起反抗，結果給其中一個賊匪刺了一刀，頓時倒下哀鳴。

我很同情他們，但我真沒有力量去幫助他們。以往在學

校打架，我打的都是拳頭架，而對手多是學校內比我年輕的學生。但面前的卻是悍匪，還要以一敵三，而且他們都有刀，也不知有沒有槍，我的勝算極微，我還要留著命去報仇。

那些賊匪說：「你再反抗就立時要你倆的命，我們只開心一下就會走！」轉頭向那少女走去。我隱約看到那少女憤怒、異常倔強的眼神，但她竟沒半點求饒。

我不忍再看，轉身就走。但走了兩步，那少女的眼神令我想到閉月，其實兩人的眼神完全不一樣，閉月的眼神是溫婉和順，這女孩的眼神卻是倔強堅毅，但不知怎的，我還是想起閉月，終於還是狠不下心離開。

「死就死吧！」我決定冒險一試。我靜靜繞到店鋪後，從窗口爬入屋內，這正好是廚房，我就在店主屋內的廚房拿了把刀自衛。這時我看到一煲熱湯正在爐上煮得沸騰，又看到左近有兩個暖水袋，我突然心生一計。

我聽到衣服的撕裂聲，原來賊匪已在撕開少女的衣服，就在他們正想施暴的時候，我突然走出來，就在廚房門口停住，笑說：「怎麼有好東西也不預我一份！」

那三人嚇了一跳，由於完全不知道我的背景來歷，也不知道我有多少人一同來到，就帶點客氣的說：「小兄弟，快走！我們開心完，你再來開心吧！」

那女孩向我投以鄙視的目光，但竟然沒有畏懼，雙眼就只有憤怒，就如噴火般。

我沒理會，然後向三人說：「放心！我沒有惡意的，只是有好東西，我怎能不分一份。」我舉起雙手示意我沒武器。那三人即時放鬆下來，「小兄弟還是好好的走，一會再回來慢慢享受，如果你再不走，我們就不會對你客氣了！」

　　哪知我聽後反而拉了張椅子在廚房門口坐下來，「我就在此等三位大哥吧！」

　　突然間其中一位定睛望著我獰笑，「看他也『青靚白淨』，既然他自己送上門，我們也不要客氣吧！」說罷三位都望著我猥褻獰笑。

　　他的話令我大吃一驚，沒想他們連男的也不放過，但既已決定冒險，我就早已豁出去了，這刻亦不容我退縮。我隨即定過神來，說：「三位大哥如對我有興趣，不如先放她走，我再陪大哥玩玩吧！」但士可殺不可辱，我就是死也不會接受被他們凌辱的。

　　「不用急！很快便輪到你！」剛才首先獰笑的那一位說。

　　既然軟話不行，我唯有用激將法：「三位對我雖然感興趣，但可惜你們太醜太老，我看著實在有點反胃！我沒興趣陪你們玩，我還是先走吧！這女孩兇惡異常，看來誰與她相好，也肯定會沾上惡運的，你們慢慢吧！」說罷就站起身，準備離去。

　　那三人勃然大怒，向我衝過來，我就在他們走近的時候，迅速把預先放在門邊的一煲熱湯向他們潑去，他們其中兩人頭部中了熱湯，我肯定潑中了他倆的眼部，他倆痛得在地打滾。

原來我悄悄的將熱湯拿到廚房門邊的椅子上靜待機會攻擊，可惜熱湯只濺中了那首領的肩膀，他又怒又痛之下，一刀向我刺過來，正中我的心口。霎時「噗」的一聲，刀竟刺不進我的胸口，因我知道情況兇險，預先把兩個暖水袋裝滿了豆粉水放在衣衫下以作保護。

豆粉水是非牛頓式液體，所謂非牛頓式液體有一種特性，就是當它受到壓力時就會變稠變硬，它能變得非常堅硬，甚至子彈也射不穿。在廚房當然不難找到豆粉，但其實我只有兩個暖水袋，一個綁在肚上，另一個綁在胸口前。如果那人不是刺中我的心胸肚腹，而是別處，我肯定會受重傷，甚至會死亡。當時，我亦不肯定加入豆粉水的分量是否足夠阻擋刀刺。

這刻我迅速把收藏在自己背後的刀抽出來，一刀劈向他的手臂，跟著一腳踢翻他，我急忙拉著少女出走，並向她說：「我是來幫你的，快走！」哪知少女卻走向她父親，想也帶走父親，我唯有走過去看看他，但看到他時，他已氣若游絲。

「多謝你！年青人，你真的是幫我們的嗎？」只見我點頭，他已沒時間多想，只可以選擇相信，就繼續說：「我是不行的了，求求你……把我女兒帶到麥城我弟弟那處……我……感激……不……盡……」他以懇求的眼神望著我，我不忍推卻，就再點頭，他看罷握著我的手終於放開。

我知道我們還是身處險境中，我還來不及思考，眼見她父親已離世，就急忙拉著少女向外急走。「爸爸！爸爸！」少女

大叫，她力拒離開，想留下再看看她爸爸，但我奮力拉她走。剛才我所作的都不是致命一擊，他們還可以起來對付我們的。

我一直拉著她狂奔，大概走了十數分鐘。我感覺我越拉越重，突然醒覺她或許已跑不動了。於是我找了一個隱蔽的地方，稍事休息。

「我叫光永照，你叫甚麼名字？」說罷我脫了外衣披在她已破爛的外衣上。

「我叫安娜·貝爾……真的謝謝你。我們就此別過，我想回去見我爸爸。」

「你爸爸已經死了！」雖然這麼說很殘忍，但我要阻止她回去。

「我知道，但我還是要回去安葬爸爸！」她已停止哭泣，但她眼神的哀傷，令我回想不久前失去媽媽的我。

「對不起！這不能！我已答應你爸爸帶你去找你叔叔，我就不能讓你回去冒險。我必須要平安帶你到你叔叔那處。」

「你真的不用再保護我，我可以照顧自己，我真的希望可以安葬爸爸！」

我堅持，「抱歉！你不能回去，我必須要守承諾，要送你平安到你叔叔那處，這是你父親的遺願。」回去實在太冒險，如果再遇上那三人，一定會被他們全力追殺。而且我確信相比起葬禮，她爸爸更想她平安。

安娜默然，這的確是她爸爸的遺願，她不應違逆。她流

下淚來，剛才性命危在旦夕時她也沒有流淚，但想及去世的父親，竟流下淚來。她雖然倔強，但知道我冒著生命危險救她出來，現在我堅決護送她，實在無法叫我再為她冒險回去。

看著她那麼哀傷，我實在於心不忍，我的母親死了，我還能把她安葬。我回想起媽媽的葬禮，由於沒有錢，只能草草的在一間教堂為她進行葬禮，我一點殯葬費也沒有，若不是教堂的神父可憐我，可能連這草草的葬禮也辦不成。出席葬禮只有寥寥數人，只有媽媽任職餐廳的數位同事，和住我們隔鄰的老太太，那情境還是歷歷在目。一切雖然粗率，但我還是親手安葬了媽媽。

安娜就連這樣也不能。突然不知怎的，我勇氣徒生，衝口而出，「我們今晚入黑後回去吧！」我一說完，就有點後悔，但既然說了，心想死就死吧！只見安娜這刻雙眼閃爍著滿是感激的眼神。

當晚我們摸黑回到她家那裡，我們小心翼翼，不叫別人發現我們。不過在她家，我們卻發現她爸爸的屍體已不見了。打鬥的痕跡仍在，只是屍體不知去向。我堅持不能再尋找屍體，因回來已冒了很大的風險，她亦知道不能再堅持冒險。

安娜極哀傷，再次流下淚來。

我安慰她，「一定是你的親友安葬了他。」

「我們在這裡沒有親戚，不過也有些朋友的。」她開始相信我的話，或許真的是他爸爸的朋友埋葬了他，可是她的臉仍難掩悲傷。

我看著不忍，問她：「你身上有沒有你爸爸的遺物？」

她拿出一個十字架頸鏈和鎖匙扣，猶豫片刻，把十字架頸鏈掛在頸上，然後把鎖匙扣給我說：「這是爸爸為我做的，上面有我的名字。」

「如果你不介意，可否給我，我們為你爸爸立個墳！」

她立時露出感激之情，「對不起，我第一眼看到你走出廚房時，還以為你是壞人。」

「你沒錯，我的確是壞人。」我想著為我而死的閉月。

「不可能！你絕不會是壞人。」

「你才剛認識我，如何得知我是甚麼人？」

「你會冒生命危險救一個不相識的人，當然不可能是壞人。」

「或許壞人也偶爾會做做好事！」我想其實我為她冒險，也不一定為了做好事，只不過是盼能為爸爸、為自己贖罪。說不定若然我死了就更能贖罪。

之後我在她家的後園，為她爸爸立了個空墳，「將來你找到叔叔後，再回來為你爸爸立個真正的墳，他在天上看見你平安，一定心感安慰。」我將鎖匙扣放入墳內，再堆上土，再找塊木刻上她父親的名字，然後領她下拜。這時她飲泣起來，我也想起我的媽媽，默默的流下淚來。之後我不敢多留，立刻帶著她離去，雖然已是夜深，但我們還是藉著星光趕路，一直走了近四小時才停下來休息。

她叔叔住在麥城，麥城離這裡約近七小時的車程，只是

我口袋裡的錢所餘無幾，而安娜身上亦只有少量金錢，不夠車費，所以我們只能徒步前往，把僅餘的錢用來購買糧食，其實這點小錢也買不到甚麼好食物，我只有走一步，看一步吧。

由於安娜長相秀麗，我怕途中再遇上麻煩，就把地上的泥開水，塗上她面上，除了令她膚色暗啞，也令她皮膚凹凸不平，再為她蓄起一頭秀髮，蓋上帽子，她秀麗的面容頓時大打折扣。沒有女孩會喜歡看到自己變醜，但她明白我的心意，不單沒有半句怨言，眼神還流露出感激之情。

我們每天天未亮就起行，到傍晚就找一些破屋過夜。在這些小城鎮中，總能找到一些破落沒人居住的房屋，如果找不到破屋，就要在野外過夜。其實在野外過夜，我是有點畏懼的，怕會有野獸出沒，但相比盜賊，我還是覺得人更可怕。

在荒野過夜，安娜雖然大膽，但卻難免有點害怕，我就對她說：「不用怕，我會保護照顧你的！」其實所謂保護照顧，雖不是信口雌黃，但我也不是真有甚麼本事或周詳計劃，只是本著有福同享，有難同當的心態罷了！

這兩天旅途上，安娜都很沉靜，並不多言。我知道她才剛喪父，繼而不見了爸爸的屍體，因此耿耿於懷。這天我倆正行走在樹林中，我對她說：「你知道嗎？」

「知道甚麼？」她不明所以。

「誰是當你不開心時最好的傾訴對象？」

「是你？」

「當然不是我！」跟著我手向右邊一指，指向一個樹洞。

「樹洞？」

「當然是樹洞！它是最好的聆聽者，極有耐性，亦能守秘密！」說罷，我就走到那樹洞，把頭稍稍伸入，跟著大聲說：「媽媽我好掛念你！我真的好掛念你呀！」

我稍稍一停，跟著再對樹洞大聲說：「媽媽，對不起呀！真的對不起！真的對不起！」其實我起初只想開解安娜，但不知怎的一說出來，就如缺堤般一發不可收拾，「……為甚麼我不早點跟你道歉呢？已經再沒機會了……對不起……對……不……起……」不知不覺間我的聲音沙啞，面頰濕潤。

在這刻安娜的手輕拍我背，我原意是要安慰她，不過現在卻是她安慰我。我強忍淚水，稍稍平復情緒，然後把頭仲出樹洞，側過頭不讓她看到我哭，說：「你也試試看！」跟著我抹了眼淚，然後回頭勉強向她微微一笑。

安娜稍移向前，雙手抱著樹幹，把頭伸進樹洞，頓了一頓說：「爸爸，對不起！原諒我吧！我答應你我會好好的生活的……你安息吧！」

安娜說完後稍頓一頓，把頭伸出樹洞，向我說：「多謝你！光哥哥。」安娜的面上還有淚痕，「但如果下次我不開心，又沒有樹洞呢？」

「那只好向你家的抽水馬桶訴說，希望它也能保守秘密吧！」安娜噗嗤一笑，我也露出微笑，兩人相視微笑。我本是順口胡吹，想不到這樹洞真的能解開我們兩人的心結。

安娜雖比我小三歲，但非常有主見，非常獨立，不像我的

隨隨便便，甚麼事也只隨意而行，雖然這樣，她對我的決定總是沒有異議和質疑，更不會有任何怨言。我人生第一次要對別人負責，感覺壓力重大。但不知怎的，安娜令我想起閉月，令我產生了一股勇氣，就是要犧牲自己，也要保護她周全。有食物時我總會先分給她吃；有水我總會先給她喝；夜裡涼了，我總會把自己的衣衫給她蓋上；可能遇上危險時，我總會擋在她身前。起初她也拒絕我這些善意的舉動，例如不肯吃超過半份食物，但慢慢她不再堅持，我看她時，在她眼裡總看到感激。

有時我會想起閉月的溫柔和善解人意，而安娜則爽朗聰慧，果斷大膽。雖是完全不同的性格，但也一樣討人歡喜。但我只是稍稍想想，就會停止。畢竟我還要為母報仇，自己亦前路茫茫，男女之情實不宜多想。

一天晚上我們找不到破屋，要在野外過夜。我生了個火堆取暖，我倆一時都睡不著。

「你叔叔是怎樣的人？」我打開話題。

「我不知道，我從沒見過他，爸爸亦絕少提到他，我甚至連他做甚麼職業也不知道。可能他們的感情不是很好，我也不知道他會否收容我。如果他不收容我……」

我打斷她的話柄，「或許他是個非常有錢的人，那你以後的生活就可以無憂無慮了。」為免她不開心，我連忙岔開話題。

「我反倒希望你成為有錢人。」

「為甚麼？盼我養你一世麼？」話剛出口，我就覺得失言。

正當我感尷尬時，安娜說：「像你這樣好心的人，如果有錢肯定會造福社會的！」

「你說到我這麼好，或許一天你成為有錢人，就為我立個銅像吧！」說罷，我站起擺個姿勢，「這個姿勢好嗎？」我倆大笑。

由於日間的疲累，漸漸我們沉沉睡去。

睡到夜深時，我突然夢見媽媽。其實自媽媽死後，我常常夢見她，不過通常我會夢見她和我、哥哥、爸爸的生活片段。對，我也會夢見我爸爸，只是不知怎的，我夢中的爸爸竟然是沒有面容的，或許是我已經忘了他吧！但我最常夢見的還是媽媽，除了生活片段，我又會夢見她垂死時想對我說話，我竭力想聽她說甚麼，但偏偏一個字也聽不到的情境，也就是這個夢我最常夢到。但這次我卻夢見她被人狼襲擊，滿身鮮血的向我呼救，並向我大叫「逃命！」我全身冒汗，霎時就醒過來，原來只是一場惡夢。

但就在我醒來後，我就感覺周遭有些不對勁。火堆已熄滅，但我卻看到點點的黃光。我心知不妙，立時拍醒了仍在睡的安娜，「起來！」

「甚麼？」但安娜還是立時從睡夢中起來。

「快跑！」我已來不及解釋。

安娜對我絕對信任，立時快跑，我們一跑就聽到狼嚎。

我倆在黑夜中疾走，但剛跑了一段，安娜就給地上的樹枝絆倒，轉眼群狼將至。

「不用理我，你自己走罷！」

我立刻回頭扶起她，但她扭傷了腳，不能快跑。

「快走！不用理我。」她焦急地說。

「我們一起死吧！」我心裡有點感到對不起媽媽，但和安娜同死，心想也不錯。

就在這時一頭狼已率先撲上，我自然的擋在安娜身前，狼一口咬著我的手臂，我痛極，但立時想起媽媽慘死，我不知從哪來的力量，竟然一把將狼舉起，大力的摔下。當然狼牙在我手上造成極深、極長的傷口，而狼給我奮力摔下，一時昏死在地。但這隻剛倒下，另一隻又撲上來，我一腳就把牠踢翻，跟著第三隻又撲上來。就在此時，不知怎的，手裡多了一根木條，原來是安娜慌忙在地上拾起遞到我手中的。我把木條當成劍，疾風似的一劍刺去，第三隻狼當場破腹腸流。

有了這簡單的武器，我霎時提起了精神。我小時習劍，這刻生死關頭，我本能盡把從前所學的都發揮出來。一時間，狼群沒有一隻能走近身旁。但我知這對峙未必能夠長久，特別是我的傷口不斷在流血。安娜也拾起另一根木條守在我後方，免得我腹背受敵。

就在這時，安娜拉著我緩步向後移，我不知她想做甚麼，我只全神貫注前面以防避狼隻迫近。

但退後行了十來步，我突然感到她的手將我向上拉。原來身後就有一顆大樹，她拉我到樹旁就跟著向上爬，然後再想拉我上去。

我急舞木條，把群狼迫開數呎，然後急爬上樹。狼隻仍然想撲上來，但我接過安娜的木條把牠們都打下。我們越爬越高，狼不可能上來了。

這時安娜把衣衫撕下了一角，急忙替我包紮傷口，我仍全神貫注看著地上的狼群。不久狼群終於退去，我們就在樹上過了一夜。

日出時，我們到了最近的城鎮，安娜問我：「還有錢嗎？可以都給我麼？」

我想過了一整夜，她也應該餓了，就把所有剩餘的金錢都給了她。

「你在此休息，等我一會。」

「好的。」我實在太倦了，在樹上根本不可能好好休息。

不久安娜回來了，原來她把剩餘的錢都用來買了藥物，其實這點錢根本買不到甚麼藥物，只是些普通消毒藥水和膠布等，她怕我會受感染，我甚為感動。

這樣我們已沒有餘錢，就只可以在野外拾些野果充飢，在她看不到的時候，我會在田間偷些玉米給她吃，她也不會問我為何有玉米吃。

由於我們兩人都有傷，本來應該剩下半天的路程，但我們就這樣走了三天，可幸途中再沒有驚險，我們終於到了麥城。

找了半天，也找不到安娜叔叔的住處，但卻有幸遇到認識她叔叔的人，他叫我們到紅鹿酒吧就應該可以見到他。

　　由於我們沒錢，酒吧酒保趕了我們出來，我們就在酒吧門外等了半天，終於等到她叔叔出現。她叔叔外表有點彪悍，身邊還有不少朋友，長相也同樣有點凶惡。安娜獨自向他說出來由，我就在數十呎外等待她。不久，我就看見她們二人相擁。這刻我便知道我的任務完成了，終於能放下心頭大石，心裡默默向安娜爸爸祝禱。

　　正當我想離去，安娜走過來，拉著我的手，「光哥哥，你也只有一個人，不如你也留下吧，叔叔會收留你的。」說罷安娜望向叔叔。

　　其實天大地大，我亦不知何處可去，我無親無故，就算死在何方，亦無人會問津。霎時間我望向安娜，真有留下的衝動。但當我轉頭望向她的叔叔，他望著我瘦弱的身軀，衣衫襤褸，全身骯髒得就像個乞丐般的樣子，眼神帶兩分厭惡、輕視，又帶兩分同情。這眼神立時令我想起手術後，在醫院留醫那段時間，那些人就是以這樣的目光望我。我立時豪氣漸生，說：「也不了，我已完成你父親所託，對得起他老人家，我還要去報仇，我們還是就此別過。安娜，你好好保重！」

　　說罷我頭也不回地走了，背後還聽到安娜的呼聲，「光哥哥⋯⋯」我知道再聽下去，我必定會改變心意，就加快腳步離開。

第六章
黃血人

　　別過安娜後，我到了另一個城市，這城名叫衛城，是一個小山城，離麥城約兩天車程。我在衛城的街頭露宿，在餓極時行乞。但我不喜歡被施捨，於是我開始偷竊，憑著不錯的身手，以及敏捷的頭腦，得以生存下來。

　　輾轉間已在街頭打滾了三年多，我已 23 歲了。我感覺我越來越強壯，身手也越來越好。由於我夠狠，身手亦好，慢慢由一個單獨行動的小偷，變成一個五人小幫眾之首。這五人幫眾包括：負責打鬥和保護眾人的我、專門負責偷竊的咸美頓、專門開鎖的細威、負責駕車及把風的成浩（當然要先偷車吧）和負責跟蹤及把風的窩囊偉特。我們五人專偷竊那些有錢人，特別是那些為富不仁的人，得手後，我會分部分給窮困人。但當沒飯吃的時候，我們就不會再講究，會向任何人下手。畢竟我不是一個好人，不過我們只會偷或搶，但絕不會殺人，也不會沾女色。

　　亦因此我甚少帶槍，要買黑市的槍並不太難，我們亦有手槍，但卻甚少配備。可能由於我爸爸是死在槍下，我討厭用槍，認為槍的殺傷力太大，很容易就會置人於死地。我深信只要小心選擇目標，伺機行事，我的武術已足夠保護眾人。

所以我甚少帶槍，但我有柄軟劍隨身，亦有一把強力的大樫杈作遠距離攻擊，自覺我的劍術和眼界都相當不錯。而其他人我亦盡量讓他們不要帶槍，反正我一直保護眾人妥當，所以亦無人異議。

一天，我們在市場看上一個人，從他在商店買的東西，我們就知道他應該懷有不少錢。我戴著棒球帽、太陽眼鏡，一路跟蹤他數條街，沿途還拾起他拋下的汽水瓶。我執拾他丟棄的汽水瓶，為的是要套取他的指紋，只要把一種特製的膠噴在汽水瓶上，待膠水乾透後再整片撕下，就能套取他的指紋。

我一直尾隨他，直到一條巷，細威走出去撞向他，而咸美頓就在細威撞向他的時候，迅速接近他並把他的錢包偷到手。一般錢包也有防盜裝置，即一離開物主就會發出警報，但我們是專業竊匪，自然有干擾裝置，令警報失效。沒想到這麼容易，但我忽然有點不祥預兆，不過既然看來接著數天的消費已有著落了，就不再多疑。

得手後我們在另一條斜巷中集合，這條斜巷是通往回家的路，當我看到斜巷中除了我們，再沒有別的人，我又再有不祥的感覺。但當看到錢包內的智能卡有多達萬二元，大家都十分高興，我就不再多想，此刻只要用藍牙就能把錢匯過來我的一張智能卡處。哪知我們剛準備從錢包拿走智能卡時，突然呼的一聲，有東西在我的鼻前飛過，一把飛刀飛過來，把錢包釘在牆上。跟著有聲音說：「有錢大家一起分吧！」

原來當我們發現那有錢人時，另外亦有一幫賊匪看中那財

主。他們看到我們跟蹤那人，便走到遠處監視，打算在我們得手時，再來一個螳螂捕蟬，黃雀在後，從我們手中搶走贓物。此刻我環目四顧，看到下坡的巷尾有四人，隔壁天台應該有一人，上坡的巷頭也有三人。人數上我們輸了三個，加上我們五人中只有我身手較好，而且不知道對手有沒有槍、實力如何，估計我們勝算甚微。

這一年多，我們當然也曾遇上過個別的流氓，我的功夫足以打發這些小流氓，但八人的匪幫我們還是第一次遇到。我開始後悔這次行動沒有帶槍，因為如果對方有槍，我們全都會有危險。若對方沒槍，我們才有勝望。

天台那人跟著又說：「看著你們這麼辛苦，你放下牆上的那張卡離開，我分給你們五百元，夠你們今晚吃頓豐富的。」這人似是首領，只是他的聲音有點怪。

「如果不留下又怎樣？」我想我們竟然被人跟蹤了這麼久，也沒有發覺，我們這伙人也算膿包。

「不要敬酒不吃吃罰酒。」

「好吧！就給你吧！」

說著我一把將牆上的刀拔出，飛向下坡。原來在我察看之下，他們都沒有人手執手槍，全部都是持刀的，否則應一早就拔槍指嚇我們，他們投擲飛刀更令我相信我的估計。肥豬肉既已到口，我不想就此放棄，我決定冒險一搏。

以前爸爸本教導我射箭，但自從哥哥病了，媽媽就希望

我有更強壯的身體，所以讓我學武。因而我自小就學習中國武術，特別精於劍術。我算是有點天分，雖然擲飛刀和射箭是兩回事，但起碼我眼界不錯，臂力亦很強，所以我一直用一把強力椏杈作遠距離攻擊，這把椏杈配上了一條很強彈力的弦線，威力也相當不錯。這一擲，破空聲響，下坡巷尾的四個人都要閃避，就這樣一避，起碼為我們爭取多一點時間。

這斜巷的巷頭和巷尾，由下坡走到上坡的距離約有十數秒的距離，天台上的人起碼要一至兩分鐘才能到地面。現在我爭取多幾秒時間，如果能在短時間內解決上坡巷頭三人，我們就能突圍而出。以五對三我們有相對的優勢，所以我立時率領大家向上衝。

但當我們一交手，我就立時知道選錯了，因為三位都是硬手，我肯定短時間內絕不能解決三人。但這年來的街頭訓練不是白費的，以一敵三我還是佔了上風。我立時在腰間抽出我的軟劍，這把軟劍，劍刃兩邊沒有開鋒，但頂端還是尖銳的，平時我穿戴在腰間，收在皮帶之下，要打鬥時就抽出來。由於我精於劍術，雖然劍只得頂端尖銳，但急速舞起來，還是威力十足。

我纏著三位對手時，打手勢叫眾人逃走，因為我們人數上暫時的優勢只要十數秒後就會逆轉，所以我沒有意思和他們糾纏。大家亦明白我的意思，因為除了我外，只有咸美頓身手較好，但是他的身手和我還是有點差距，所以他留下對我幫助根

本不大，其他人留下更只會令我分心照顧。「小心點！」咸美頓跟我說。所有人立時逃跑，而且本能地分作兩批人逃走，另一伙人要追他們也不易，最後大家會在約定的地方集合。

我的對手三人分別持長刀和短刀，另一人手執電槍。但我的身手了得，在他們之中我還是能從刀影間飄然穿插，我相信不出 10 分鐘就能打敗三人，只可惜我不可能有這 10 分鐘的時間。我本想在迫退他們後，伺機逃脫，但他們也看到這點，一直跟我纏鬥。我揮劍迫得他們節節後退，用電槍的人一直伺機想瞄準我，然後用他的電槍攻擊我。突然「噗」的一聲，他的電槍瞄準了我發射，我急揮動軟劍擋著，結果電槍雖然沒有打中我，但它的電絲還是纏上了我的軟劍。那人滿心高興，滿以為我會給電倒，殊不知我的劍柄是木手柄，就算電線絲鈎上我的軟劍，也不會對我有任何作用。我把握機會急扯劍身，將他拉近，再連環飛踢，把他踢得人仰馬翻，霎時暈了過去。除了劍術，這連環飛踢也是我的得意絕招之一。但另外四人轉眼就要到了，天台的首領也不知是否快到，我要脫身又未必再這麼容易。幸好我已爭取時間讓四位同伴逃得遠點。

雖然一個倒下，但我自問以一敵七完全沒有勝算，我必須盡快脫身。剩下的兩人，當中揮長刀的那位功夫較強，另一位用短刀的就較弱。於是我一劍迫開那個拿長刀的對手，然後故意留一個空位給另外一位，那人手執短刀，必須要近身才能攻擊，他眼看有機可乘，自然順勢而上，萬估不到這竟然是個

陷阱。我把軟劍一揮，竟使劍尖彎過來刺中他手腕，使他的短刀甩手，我本著最多受他一拳，承著他埋身一拳打過來之際，低頭一縮，跟著再次轉身連環飛踢，踢中他的頭部和胸部。我踢的方位都恰到好處，但我也估不到我的力度如此大，如此敏捷，竟然將他踢到 10 呎之外，暈倒在地。這絕不是致命一擊，但絕對可令他昏倒一段時間。

哪知就在這時，那四人中的一人突然從懷中拿出手槍指向我，我匆忙躲到那執長刀的人身後，叫他不能開槍。但這樣左閃右避，終究會敗陣下來，只聽到天台那人大叫不要開槍，要等他下來。

突然間我看到上坡垃圾箱旁有幾個破舊的大木桶，原來附近不遠處就有一間煉酒廠。我靈機一動，突然大叫「看！」跟著一手把軟劍向上急拋，我身前那位對手隨著我的叫聲把視線向上望。我立時執起橾杈，又把口袋裡的兩個銀幣用橾杈一一彈出，第一彈就把身前的對手彈暈，跟著的一彈就把後面那人的手槍彈甩手。

此時軟劍正好跌下，我一手接過，跟著連環踢翻了兩個大木桶，大木桶就沿著斜巷滾下，眾人紛紛閃避。我就在第二個木桶滾下之際突然跳到上面，踏著木桶滾下來。我沒學過雜耍，但身手好，平衡力也不錯，木桶越滾越快，我的腳步也隨之加快，竟然沒有從木桶上掉下來。

轉瞬我就隨木桶滾到下坡，之前那個木桶一到下坡就撞破

了，木碎飛濺，我在木桶滾到下坡時就跳到地上，此刻我離眾人有一整條街的距離。但他們當然不會就此罷休，窮追不捨。於是我使出殺手鐧，迅速從懷中拿出一個小瓶，再從內裡取出一粒像小石的東西，然後用梘杈向他們的方向強力急彈而出。霎時間小石竟如火球般直飛出去，火光熊熊，再加上破空聲，竟比槍聲更嚇人。他們全都伏低在地，到他們起身再追時，我奔跑極快，早已逃之夭夭，我在橫街窄巷中左穿右插，他們追到下坡時，已再難發現我的蹤影。

那小石原來是一小粒黃磷，我找來數塊放在小瓶中，再注入水以保存。黃磷是劇毒之物，而且在空氣中會自燃，火焰可高溫至過千度，這樣危險之物一般人絕不會隨身攜帶的。但由於我不帶槍，而這黃磷彈以梘杈射出，威力嚇人，用來阻嚇敵人甚有功效。所以我就帶備在身，而黃磷只要存放於水中，就不會有任何化學反應的。黃磷經梘杈高速彈出後就會接觸空氣，然後燃燒。彈出的速度越快，與空氣摩擦更劇烈，燃燒就會更猛烈。

這刻我已解困，而錢亦已到手，但也不是全無代價的。我被剛才破碎的木桶碎片飛濺擊中，割傷了手臂，此刻還在滴血。幸好我發現得快，忙走到溪邊，反正我也要洗手確保我手上再沒有殘留黃磷，我洗手後越過淺溪，再往反方向走，令他們難以追蹤。

晚上我們在酒吧相聚，慶祝我們得手，其實大家都是今天有酒今天醉的人，要狂歡作樂根本不需要任何藉口。

酒保阿麥對我說：「是否照舊？」

我點點頭，跟著就呷著啤酒，靜靜的看著電視，這時電視正播著維達雲信的訪問，這人可說是我媽媽的偶像，看著他的訪問，我又想起媽媽。一會兒熱香餅就送到我面前，這酒吧的另一邊是經營餐廳的，他們只有早餐和午餐有熱香餅供應，但我卻願意出五倍的價錢，所以任何時刻，只要我到來，他們都願意特別為我提供熱香餅，而我差不多每次來也會點這熱香餅的。

偉特對我說：「這煎得近乎焦了的熱香餅有甚麼好吃？你就是送給我，我也不會吃，你還要給五倍的價錢。其實我也不知道你為甚麼堅持一定要來這酒吧，隔鄰巷尾那間不是更好嗎？」

因為這是媽媽的味道，我在心裡答，然而我對偉特微笑不語。

我媽媽是個出色的科學家，但煮飯並不出色，偏偏她喜歡煎熱香餅，因她說熱香餅容易弄，可是她每次都把餅煎得近乎焦了。以往我總是嫌棄，不肯多吃，現在我卻非常渴望吃到這種味道。別的店都總是煎得剛好，唯有這間店才會供應這種燒焦、不合格的食物。在我願意出五倍價錢後，他們曾經嘗試改良，但我堅持必須要如最初的口味，他們唯有無奈遵從。現在我非常珍惜這種味道，每一口都仔細品嚐。

吃著熱香餅，喝著啤酒，再看著維達雲信的訪問，眼眶竟不知不覺滿是淚水。啤酒和熱香餅，我知道這兩種食物並不匹

配，但我已習以為常。我已記不起喝到第幾杯啤酒，偉特此刻又再喋喋不休的說他家的各種農作物。

他爸爸本來是一個出色的農夫，租了田地來耕種，因為成功種出多種農作物，並且連續數年都豐收，因此地主就眼紅，不再租土地給他爸爸，自己收回耕種。偉特爸爸沒有田地，只能接受地主用低價僱用，回到之前的土地繼續耕種。為著家人的生計，他爸爸唯有答應，當然所有收成的利益都歸了地主。為了生計，他爸爸亦另作兼職，因而熬病了，最後還病死了。他爸爸死後，他們一家就給地主趕走了，因為他們住的屋本是建在地主的土地上。

咸美頓本是那地主的僱工，同樣被地主欺壓。他和妹妹相依為命，哪知那地主垂涎他妹妹的美色，於是找個機會把她強暴了，最後他妹妹上吊死了。由於那地主賄賂了警察，結果只是被罰款及賠了小量金錢了事。於是某夜咸美頓摸黑殺了那地主，然後逃走，偉特也跟著他出走，之後兩人就一起相伴直至遇上了我。咸美頓沉默，而偉特就總是喋喋不休，一有機會就會談他家的農作物，如何種出香甜又大的番茄，如何種出優質的玉米……

就在他喋喋不休之際，竟然忽然住口，原來最膽小的偉特看著酒吧的電視新聞報導，大叫又有人狼出現。他在我們眾人中最膽小，所以才會被人叫作窩囊偉特。

我又再次想起我媽媽，其實她本來並不膽小，但不知怎的對人狼、吸血鬼這類鬼怪之說卻異常恐懼，所以爸爸也常用

這些傳聞來作弄她。其實這幾年，久不久就會有人狼出沒的新聞，只不過從來沒有閉路電視能正面拍下來，只有數次極遠距離的拍到牠的背後，遠遠看來就像野生動物的物體。所以每次都只有人證，而沒有物證，因此每次都是紛擾一輪後，又不了了之。記得爸爸說過他年少時，甚至有傳聞說有人看見吸血鬼，在更遠的年代甚至有傳有人曾看過飛龍。不過近年這些傳說已完全沒有了，只偶然傳出目擊人狼的傳聞。此刻我又想起我和爸爸作弄媽媽的情景。

「你的手沒事吧？」咸美頓把我從美好的回憶拉回現實。畢竟咸美頓和我的交情最好，他的媽媽早死，爸爸是扒手，所以自小被訓練成這方面的高手，及後他爸爸給幫會槍殺，他不想當賊，所以才會為地主打工。直到殺了地主後，他重新踏上了父親的舊路。

「小事。」可能大家都是孤兒，爸爸又同是壞人，自己也都是殺人兇手，所以我倆比較臭味相投，亦會互相照應。

「抱歉每次打架我們都幫不了手！」

「本來我們就是分工的，而且作為首領，我有責任保護大家。」

「不要太勉強，如果形勢不對，放下錢包逃走也不打緊。」

我微笑點頭，喝下一口啤酒。

「有心事？」他問。

「不！只是想起一些無奈事。」

「又想起殺你媽媽的灰衣人？」

我沒回答，再喝下一口啤酒。

「我們總有一天能找到他。」

我仍然沉默，但眼神感激，跟著舉起酒瓶和他碰杯，大家都一飲而盡。

那晚我們除了偉特，每人都大醉。偉特雖然沒技能，亦膽小，但他負責把風倒很盡責，平時亦會盡量保持警戒。

兩天後我們再次覓食，我們在某處天台細看街道的人，選擇我們的目標。

細看一輪後，我留意到一個衣著光鮮的人在市集買東西。這時我已買了新的智能眼鏡，這智能眼鏡有高倍數望遠功能，放大後我能隱約看到他的口袋內有不少鈔票。既然鎖定目標，就要開始跟蹤監視。這世代大部分人都用智能理財卡，但仍有人不相信科技，害怕智能卡被人入侵盜竊，亦害怕留下紀錄沒有私隱，所以仍用鈔票和錢幣。當要避開追蹤時，我亦一樣會使用鈔票、錢幣，而我的智能卡當然也是冒名的。

偉特和咸美頓早已開始追蹤，我在天台突然「咦」了一聲，我的直覺告訴我有點不妥。

「不妥嗎？」

「有些不妥！讓我再看一會。」我透過智能眼鏡中的電話通知地面的偉特，「你先跟著他，但不要太接近。」

我的直覺果然沒錯，我再細心觀察一會後，就發覺原來他早已被別人跟蹤，而那有錢人亦有點慌張，不知是否已發覺了被人跟蹤。我再看久一點，真的冤家路窄，竟然看到跟蹤他的

人就是那天在斜巷跟我們交手的那班人。

「要放棄嗎？」偉特問。

「當然不！我們吃這口飯本來就是要冒險的。」難得找到獵物，當然不會輕易放棄。

我在天台再看，給我看到在兩個街口外廣場那處，有RPSF（Robotic Police Special Force）機械特警隊在那裡巡邏。機械警察分作三級別，第一級是沒有武裝，只負責偵察和追蹤的機械航拍機，但它有紅外線夜視裝備和人面辨析功能，可聯通方圓兩公里內的CCTV，並可將看到的影像轉送回總部，以及能發出警報，對於緝捕非常有效。第二級機械警察是穿上機械裝甲的人類，配有電槍、手槍、電手銬，這種手銬能配上發射裝置，只要瞄準發射就可以扣著疑犯手部或腳部。因為可以伸縮，甚至可以扣著頸部，只要一扣上就能隨時過電，使疑犯短暫癱瘓，失去活動能力，非常適合緝捕少量或沒有大殺傷力武器的犯人。第三級是由總部控制的大型機械警察，直接連接超級電腦，擁有最強的火力，配有超音波槍，能使人短暫暈眩，以便作出拘捕。另外，它配有飛行裝置，亦能同時發射電網及大量泡沫。不錯，的確是泡沫，能足足罩著十數人的大量泡沫，莫要小看這小孩的玩意兒，當疑犯瞬間被極大量的泡沫籠罩，就會視野模糊，甚至會窒礙呼吸，這能阻緩疑犯逃走，但又不會造成永久的傷害，這時警方就可作大規模的拘捕犯人。當然給電網罩著，除了會動彈不得，更隨時會給電擊至昏厥。

還有第四級機械人，但只限軍用，配有激光槍，能準確射擊五公里外的目標，亦能用電腦同時追蹤十個目標，並擁有大殺傷力的衝擊波炮，而軍用的泡沫槍當然更可配上各式的生化武器。

這刻看到的機械巡警，只是第二級的，但卻有兩個。對一般小賊已有極大的阻嚇作用。

「有機械警察在廣場中間，那幫人不敢走得太近，待那目標走過廣場時，我們就下手！」說罷我再在電話中囑咐偉特要小心。

「這太危險吧！只要他一呼叫，機械警察一來，我們全都會有危險！」

「信我！我會親自下手，我們會成功的。」我連忙把天台的指揮位置交付細威，立時趕到廣場那裡，危險的工作我必須親自下手。

大家都抱著懷疑去行動，但他們都對我非常信任和依賴，而且危險的任務我總是親自做，所以他們從不違抗我的指令，畢竟這些年來都是我保護他們的。沒有我，他們只會是在街頭掙扎的小嘍囉或小偷。而他們對我來說，早已是我的家人，我絕不會置他們於危險而不顧的。不一會我已到了廣場，並準備親自動手。有機械警察在場，偉特會膽怯，令他和咸美頓都會有危險，我用眼色示意偉特離開，然後伺機動手。

輾轉間我們已趕到廣場的邊緣，機械特警則在廣場中央，

而目標人物和另一伙匪幫從廣場的另一邊正走過來我這一邊，由於大家都看到機械特警，另一伙人離目標漸遠，不敢走得太近。

好不容易，目標已走過廣場，急步走到廣場的我這一邊。另一伙人由於不敢跟得太近，還在廣場的另一邊。

耳機傳來咸美頓的聲音：「再等一會兒吧！機械特警太接近我們了！真的要動手嗎？太危險了！」

若在這時動手，只要目標一呼叫，機械特警就會動手偵查。

就在千鈞一髮間，我輕輕舉手，廣場另一邊突然傳出破空聲，跟著起火。立時機械特警就趕過去，另一伙人為免被警察發現，亦立刻向反方向散去。原來我離開天台時，已把椏杈和黃磷彈交給細威，著令他看我的手勢發射，雖然他的臂力和準頭都遠不及我，但黃磷彈只要燒著雜物，就會起火引開眾人注意，而我就在這時出手。

我選擇在這時出手，因這能避免再與另一匪幫糾纏，我向咸美頓打了個眼色，他立時會意。我撞向目標，他一呆，咸美頓已把他身上的錢包偷到手。

但若這時目標發現失去錢包，跟著大叫呢？不過咸美頓很專業，不會輕易被發現。

但目標還是發現自己失去錢包，因他的警覺性真的很高，不過他竟然沒有呼叫！

我再次猜對了！我看他一直慌慌張張，起初以為他已發覺了被人跟蹤，但他若真的發現有人跟蹤他，理應走向機械警察。但他竟然遠離警察，甚至看到他們時表現更慌張，而且這年代已甚少人用真鈔票。他用真鈔票，再加上慌張的情緒，我就猜他的鈔票的來歷必定有問題，也因此我打賭，就算他發現被偷竊，也不會高呼警察的。

　　但事情並未完結，那男人沒有呼叫，但卻一把將我拉住，當然我一反手就把他甩開。但就在我要逃去時，我突然觸電。畢竟我還是有點大意，雖算準他不會大叫，但對他的防備還是不夠。原來他一直在懷裡握住電槍，在我掉頭走時，他就把電絲射向我，霎時有數十萬伏特通過我的身體，我感到一刻頭暈，但只是一刻間，我竟然瞬間回復過來，我迅速甩開他，然後急速逃去。我回頭一望，那男人一臉茫然的望著我逃去。他望望我，又望望手上的電槍，一臉茫然。那電槍所發射的電量，就是最強壯的人都會暈厥一陣子，哪怕只是數分鐘，也會短暫喪失活動能力，但我感到暈眩還不到兩秒。跟著我朝著機械特警的方向逃走，他不敢再追。

　　不久我已逃到安全的地方，但由於各人一貫分開逃走，我們會晚上再在酒吧會合。剛停下來喘口氣，看到我的手時，不禁大嚇一驚。原來之前因木屑造成的傷口，因剛才用力甩開那男人，再度爆裂，傷口一直在流血，但流出來的血竟然是黃色的！

第七章
好朋友

霎時我真的不知所措，黃色的血一直在流，我真的不知道應否止血。黃色的血是不是流一會就會變回紅色？但當下無暇細想，我還是撕下衣服包紮傷口。

傷口在數分鐘後已止血，我望著黃色的血跡，深感疑惑。

我想過無數理由，仍想不出為何會流黃色的血，我是否染上甚麼病？是患上癌症嗎？但癌症應當不會令到血液變色的。是中了黃磷毒嗎？但中毒也不會流黃血的。是細菌嗎？是病毒嗎？我不知道！我決定不去會合地點。咸美頓他們今天大有收穫，就算幾個星期不做買賣也不會有問題，於是我改去了另一個地方。

我買了一件有帽的運動外套，用它的帽子套著頭，戴上太陽眼鏡，然後起程回到老地方——我的老家。現在的洲際旅行，一般都是坐彈道火車，只要旅客坐進一個大型膠囊中，就像是一個特大的藥丸膠囊，膠囊裡面有張座椅，可讓旅客舒舒服服的躺在其中，然後這個膠囊會被密封，再由真空密封的管道利用強大氣壓差彈射到另一個城市，大約十多分鐘就可以由一個城市到另一個城市。如果睡不著，膠囊中有各種娛樂設

施，旅客大可以看電視或打一會兒遊戲機，就已到達目的地。膠囊會一個接一個的彈射入管道，以便運載大量旅客，而膠囊的彈射速度會比傳統的火車，甚至飛機更快。如果更富有，可坐特大型的膠囊，一次可運載 30 個旅客，這種大型膠囊有更多的空間，亦可以點餐，以及有更多娛樂設施。這大型膠囊就像一架膠囊巴士，可以去得更遠、更長途，方便旅客由一國去另一國。如果再有錢些，可以坐跨國火箭，射上太空，在大氣層之外的亞軌道以超音速飛行，然後重回大氣層到達目的地，既省時，沿途亦可觀賞太空的風光。但我這次行程坐的卻是最舊、最傳統的巴士。

貧窮是永存的，只要有窮人，慢速、費時、舒適度低，但又便宜的舊交通工具就依然有其價值。當然做了多次買賣，我絕對有錢坐彈道膠囊，但我選擇舊式巴士，因為它的安檢最隨便，甚至可說是不設防。

坐了一天多的巴士，我回到少年時住的城市。之後我再轉乘普通巴士去一個地方，途中巴士經過了我的舊居，我沒有下車緬懷，只是靜靜的坐在巴士中，讓巴士駛過舊居不遠處，遙望我的舊居。那裡本是一個大宅，這刻已經住了新的住客。我看見一個約五、六歲小朋友在屋前草地上玩耍，跟著大屋門打開，有一位女士在叫「小拔，進來吃飯啦！」小朋友聽到後，一邊大叫「媽媽！」一邊奔去和她擁抱。這刻我眼眶紅了，巴士也慢慢遠去。

再坐半小時巴士，我就到了目的地，就是威廉叔叔的家。由於醫院和街上都有不少閉路電視，我躲在街角等他回來。等到晚上，威廉叔叔終於回來，我在他要入屋之際，準備關門前，迅速閃出推門入內。我一進門，立刻把叔叔推向牆，掩著他的口，就在他要反抗呼叫前，我拉下太陽眼鏡，急說：「威廉叔叔，是我。」

威廉叔叔一見是我，立刻擁著我，說：「光仔，你好嗎？我很掛念你！你這段時間去了哪裡？我聽到你媽媽已經……」說著叔叔的聲音有些哽咽。

其實爸爸死後，威廉叔叔也曾積極照顧我和媽媽，但媽媽不想連累其他人，於是悄悄的和我搬到其他城市，並沒有通知叔叔。我和叔叔雖然親近，但也不願受人施捨憐憫，所以亦一直沒找他。

我沒即時回答，但已感到自己面頰全濕了。

「媽媽已不在了！我還好！只是有點事需要叔叔你幫忙。」我抹抹眼睛回答。

「你講吧！我一定會幫你！無論如何也會幫你！」

聽著我再流下淚來，雖然我向來我行我素，不太理會別人目光，但還是不喜歡在外人面前示弱。特別在這些日子，但這刻我仿佛回到家中，威廉叔叔不是外人，是我爸媽的好朋友。

我簡略地將我流黃血的事跟他說了，我懷疑我的心臟出了事。當然我沒跟他說我是盜匪之事。

我不怕死，但我不能死，我還要為媽媽報仇。

叔叔是醫學權威，一定能幫到我。坊間的醫生我無法信任，平時受傷時，我會看黑市醫生，但我不信他們有能力為這奇異的病斷症，別的醫生我就不敢求診，因我不單是個通緝犯，而且還是一個流黃血的怪人。

叔叔細心檢查我的傷口，他的家也有簡單的工具，他為我做種種檢查。一刻間，他對我說：「你的情況有點奇特，我必須帶你回實驗室，進一步檢查。但你不用擔心，我保證你一定沒事的。」

跟著他就駕車帶我回實驗室，我當然頭戴著帽，戴著太陽眼鏡。叔叔雖然不知道我被通緝，但知道我想隱藏身份，也沒有問我原因。他回實驗室時刻意繞道，盡量避開所有閉路電視。叔叔真明白我，我十分感激。

他是實驗室的主管，實驗室所有工作人員都對他非常信任和尊重，所以回實驗室時，縱使我沒有證件，但只要是他帶著我，護衛也輕易放行，並沒有多問。今天是星期天，保安更比平時鬆懈。

叔叔為我抽血化驗，又做了各式各樣的檢查。他說化驗要等候數小時才會有結果，並讓我在他的辦公室看電視，稍事休息。他又在我等候化驗報告時，叫了薄餅給我吃。

我想起年少時，不知多少次媽媽帶我去他家中玩耍，叔叔是單身一人，醉心研究，和我爸爸臭味相投，對我媽媽非常的

好，對我亦同樣親切，我常常在叔叔家中吃薄餅，玩他的高科技 VR 遊戲，我真懷念那些日子。

一晃已過了約五小時，叔叔走進辦公室時，他的眼神有點異樣，「對不起！我要掃描你的心臟，但首先要為你打一針顯影劑。」

我捲起衣袖，他準備打針，但不知怎的，他的手有點抖。

好不容易，注射完畢。

「我要到實驗室嗎？」說著我起身準備起行。不知怎的，有點頭暈，不！是非常的暈，我望著叔叔，一臉疑惑，跟著倒下。

睡了不知多久，雖然仍有點頭暈，但我漸漸醒來，發覺我睡在實驗室的床上，想要坐起來，但卻是不行，因我竟然被綁著了，為何我會被人綁著？

「叔叔！叔叔！」我大叫。

過了一會兒叔叔進來，眼神放光，說：「光仔，請忍耐一下，我不會傷害你的，只是想找你做一點研究。」

我不信叔叔竟然這樣待我，我感覺受騙，勉強壓抑我的怒氣說：「快放開我！快放開我！你要研究甚麼，也可以放開我再研究！」

「不可以！我怕你會走。這是絕世的好機會，能否奪得明年的國際科研大獎，也看這次了，我不可以冒險。的確是委屈了你，我跟你賠不是，請忍耐一下吧！」

我怒吼：「快放開我！枉我這麼信任你！你對得住我爸媽嗎？你這樣還配做我爸爸的朋友嗎？」

「朋友？你爸爸從來也不是我的朋友！你爸爸是我的情敵！更是我科研上的對手！不幸的是小慧竟然選了一個殺人兇手做丈夫，我真替你媽媽不值。若果她當初選擇我，這刻應過著幸福快樂的生活。」說著他一刻默然。面對這突然而來的變化，我也沉默下來，他的話令我不知如何應對。他的話或許有部分真確，我媽媽的遭遇確是不幸，但她嫁給我爸爸真的不幸福嗎？如果嫁給叔叔，她真能更幸福？

「我真的很懷念你媽媽！所以我會盡量小心處置你。你還是少出聲吧！否則我又要把你迷暈，你已睡了一整天，可以的話，我不想再用麻醉藥。」

霎時我想通了，「我媽媽的選擇絕不會錯，她不會選擇你這樣的人，或許我爸爸不是好人，但他全心全意的愛我和媽媽，絕不會連所愛的人的兒子也要加害。」數年以來，心中的鬱結突然解開了一點。的確我還不能原諒我爸爸，不能接受他的行為及他對閉月所做的一切，但我再也不能否認他對我和母親全心全意的愛。

我還在破口大罵，威廉關上門出了去。罵了五分鐘粗言穢語，也有點口乾，我終於停下來。我冷靜下來就想，他要找我做甚麼實驗呢？我在細想各種辦法逃走。

好不容易，威廉再進來，再次為我抽血。「不再罵了嗎？

只要我完成研究就會放你走，忍耐點吧！」

「你要用我來研究甚麼？你至少要告訴我。」

「好吧！也應該告訴你的。你的血很特別，是我從來沒遇過的，我簡直不敢相信自己的眼睛！」他說話時簡直兩眼放光。

「怎麼樣特別？我的心臟有問題麼？」

「不是！剛剛相反，它表現得很強勁，很有力，強勁得簡直有點異常。但問題不是在心臟，而是在你的血液！」

他頓一頓，面上難掩興奮，「由於你的心臟異常，我化驗分析了你的血液，竟然發現你的基因異於常人！」

「有甚麼異常？有癌症嗎？」我急著問。

「不是癌症！你的血液中有一種不知名的細胞，呈黃色，它內裡包含三價鐵離子（Fe^{3+}）及鈉離子（Na^+），或許這和它呈黃色有關，我們或許暫時叫它作黃血球吧！這種細胞的功能還未能完全確定，但初步看來它有如白血球般能對抗外來物如細菌、病毒。你知道嗎？如果這是真的，那麼你的血若用來製藥能拯救多少人？」他雙眼再次放出光芒。

我想，怪不得我已很久沒有病過。

威廉繼續說：「總之還要再多作分析。你想想看，這不是天大的發現嗎？我怎麼能錯過！」

他這麼說後，我反而不想走了。因為我也想弄清楚我身體有甚麼問題。這陣子我的確覺得我越來越大力，身手也越來

越敏捷，就連觸覺也遠比從前靈敏。我的身體究竟有甚麼問題呢？這些問題我一定要弄清楚。我想既然事已至此，不如索性等他研究完畢，找出到底甚麼事，才設法逃走。

「放開我，我肚餓了。我答應你不會走，我也想弄清楚我身體有什麼問題。」

他想了想，說了句「等我一會兒」就出去了。

不一會兒，他帶著一個熱騰騰的薄餅回來，手中竟拿著一個不知怎樣找來的電子手銬。「我不能冒險，原諒我。」說著用電子手銬把我扣上，跟著他就解開綁著我的多條皮帶。這種電子手銬是警方專用的，當中有 GPS 定位，只要離開固定位置 10 米（可調校的）就會放電，令人喪失活動能力，還會發訊息通知相關警察（這刻當然是通知威廉）。要解開這種手銬，需要破解八位數字的密碼再加上相關警員的指紋（這當然也是威廉的指紋）才能解開。這手銬不知威廉是如何找回來的。多數是賄賂警察得回來的，反正貪污在何時、何地都有。但他還是低估了我，我早已不是他從前認識的那個小孩。他為了方便我進食，把我雙手鎖在身前，而不是反鎖在後，這叫我更易開鎖。當然我可以打倒他，然後脅迫他開鎖，要打倒他對我來說輕而易舉，但要如何脅迫他開口說出密碼才是難事，即使我倆關係已決裂，但要折磨他我可還是做不到，不過既然要他幫我詳細檢驗，我也不著急於開鎖，而且我另有開鎖的方法。

反正我不急於逃走，我吃著薄餅，問：「我的血還有甚麼特別？」

　　威廉再次興奮地說：「果然沒有錯，你血液中的黃血球就如白血球般能殺菌，我前後用了三種超級細菌，全部都被它吞吃了，它甚至連病毒也能消滅。而且它還有更大的作用，就是如線粒體，為細胞提供能量。這種細胞現在在你體內大量繁殖，你的血之所以呈黃色，很可能就是這種細胞所致的，總之這種黃血球真的很神奇。」

　　「那這種黃血球對我有甚麼影響嗎？」

　　「還未知道，我需要更多時間去研究，也因此你必須留在此處。」

　　「那我還要留多久，三天夠嗎？不如你先打開手銬吧！」

　　「不能，忍兩個星期吧！放心，只要一有研究結果我就會放你走。」

　　我知道再多說也沒有用，反正我也想知道結果。只要我留在他的辦公室，在這辦公室 10 米的範圍內，手銬就不會通電。威廉是這間實驗室的主管，這辦公室絕對是威廉的領域，只要他吩咐，任何實驗室的職員都不會走進他的辦公室，沒有人會發現我的行蹤。這裡有休息室、洗手間，甚至淋浴的地方，本是方便他日以繼夜工作的，所以我在此處住上十天半月也不會被任何人發覺。

　　這樣過了三日，一天他突然很興奮的走進來跟我說。

　　「你知道嗎？你知道嗎？」他的聲音高昂而帶點顫抖，雙

眼放光，如果不是有重大發現，我懷疑他是吃了興奮劑。

「知道甚麼？」我假裝鎮靜。其實我也忐忑不安，想立刻知道他的發現。

「一般人的 DNA 只有 A、T、C、G 四個核鹼基，但你竟然有五個！」他極興奮的說。

這樣的發現令我也嚇呆了。

「人體中有五個核鹼基，分別是 A、T、C、G 和 U（尿嘧啶），U 為 RNA 專有，近年有人工合成的核鹼基還有 P、B、Z、S，但人體 DNA 還是只由四種核鹼基 A、T、C、G 組成，你這個第五個核鹼基與原來的四個截然不同。這第五個核鹼基究竟如何與原來的四個核鹼基進行配對？對人體有甚麼影響？我還要再作詳細的分析。總之你就像一個外星人，與所有地球人都不同。」

「這和我的心臟有關嗎？」

「現今醫學上很難解釋為何有第五種核鹼基出現，真正原因還未知道，但也不能完全排除和你心臟有關。」

我心裡疑惑，也因此願意再留多一會，這幾天我早已用特種噴膠套了他的指紋。其實威廉太興奮了，從沒問過我這幾年怎樣過活，我早已不是他認識的少年，而是一個有歷練的竊匪，只是他鎖起我後，把我的手機拿走，以至我無法輕易解碼。但我醒後，向他說很悶，讓他給我電腦玩遊戲。他以為只要把電腦的發光板和感光板移除，我就不能上網。

現在上網都是用 lightfi 的，所有數據傳輸都用光線傳遞，

也就是透過電腦的發光板和感光板通訊。威廉以為這樣就可以把我和外界隔絕，哪知我懂得更舊式的上網技巧，就是用電網上網，也即是說只要電腦插上電鈕，就能上網，只需要稍微修改電腦。我年少時經常拆開爺爺的舊電腦，所以知道如何改造，而實驗室中有我所需的材料和工具。只要能夠上網，我就能破解手銬的密碼。身為通緝犯，我當然不會報警，我也不想驚動咸美頓等同伴，因我深信自己就能解決問題，不想他們涉險，也不想他們知道我流黃血。

只是用電網的傳輸遠比 lightfi 慢，所以需要點時間，大約明天上午就應該可以，反正我不急著走。

到了晚上，我趕緊用電腦解碼，電腦已幫我過濾餘下約數千個不同號碼，大約只需十分鐘就能完全解碼。但這刻威廉突然來看我，並送食物給我，跟我匯報我的情況，他當然用不著向我匯報。但我猜想，他實在是太興奮，不吐不快，而這樣重大的發現，在未公開發佈前，他又不便隨便跟別人訴說，因此我就成為了他最合適的傾訴對象。我連忙將手提電腦半閉上，但確保電腦還在運作。

我若無其事的吃著他送來的食物，問他：「有甚麼進展？」

「你的 DNA 排列非常有趣，而且我們亦發覺如果將你的黃血球通電或以強光照射的話，它就會變得更活躍及增生。」

我恍然大悟，原來正是之前遭到電擊，令身體出現變化。

「而且當這些黃血球受到外來能量刺激後，它會產生更大的能量。這黃血球釋放出來的能量其中一部分會以光的形式釋

放，我們就是關上實驗室所有的燈，也能清楚看見！其情形就如原子中的電子，當受到合適的光子照射時，會暫時跳上一個原子能階（能量階梯），當這吸了能量又不穩定的電子稍後再回到原本的能量階梯時，會再釋放出同等能量的光子一樣（這理論是量子力學基礎的一部分）。簡而言之，它會先吸收能量、再釋放能量。我們試過以強光照射這些細胞，果然它能先吸收，再放光以釋出能量，唯一不同的是它釋出的能量不是等量，而是更多，這實在是違反了大家在中學物理課本所讀了很多年的能量守恆定律。」威廉越說越興奮。

「我感覺這種黃血球就在進化般一樣，只不過它進化的速度遠超一般生物，我很想看看它還可以怎樣進化。」

他還想繼續說，但忽然外面有人敲門，是他助手的聲音，說：「卡拉汗博士（威廉姓卡拉汗），從國家點火設施送來的大型鐳射槍已經到了，他們說這已是他們手提式發射裝置中能量最高的一支，你要來看看嗎？」

威廉大聲說：「我一會兒來，你先在實驗室準備。」跟著對我說：「好好休息！明天非常重要。」說罷露出詭異的眼神，跟著就走了出去。

不知怎的，我有種不祥的預感。我不能再等了，他一出門口，我就打開電腦希望已完全解碼。但威廉剛要出門口，竟突然轉身回來，我急忙把電腦合上，他回來後竟把手提電腦一手拿走。

我急說：「做甚麼？今晚我想打遊戲機。」

「不了，你今晚早點睡，你不會用得著的。」說罷不理我抗議，頭也不回就走了。

　　電腦還沒解碼，不過我眼明手快，在合上電腦前看了一眼，應只剩下五組候選密碼。沒有電腦，我只能靠我的直覺決定是哪一個。我決定冒險，我只得兩次機會，如果失敗，就要再等一天才能再試。我拿出玻璃膠上的指紋套在手銬的指紋位上，再戰戰兢兢的試著那組號碼，咔的一聲，手銬開了，我的直覺真準，我滿心歡喜，但不知怎的，我突然感到頭暈，我試著起身離去，哪知行不到五步，我就失去知覺。

　　我醒來時手腳都已被綁，起碼被七八條皮帶綁著，整個人被綁在手術床上，我太疏忽了，從來掉以輕心都總會出意外。我正躊躇如何脫身時，威廉已走進來，看著我嘖嘖稱奇，說：「最近見你，總覺得你有點古怪，想不到電子手銬你也能解開，你不要怪我用麻醉藥，今天的事絕不能出意外。也想不到我用了這等份量的迷藥，你還是這麼快就醒來。」原來他為免生出意外，在昨晚的食物中用上了迷藥。說著他把我推到實驗室，他早已指示助手全部離開。

　　我問他：「你準備把我怎樣？」

　　「今天要做個大實驗，說不定你我都會名垂千古。」說著把我推進實驗室，實驗室的天花已吊著借回來的激光槍，這激光槍足有一支迫擊炮那麼大，而我的手術床就剛好移到激光槍底下。

「你打算做甚麼？」我驚呼。

「你的黃血球能被能量激活，我打算用這支高能激光槍試試看。放心，我會慢慢把能量調升，不會一下子用最大能量，我對你有信心，你會沒事的。」

「那你為甚麼不抽我的血試試，而要我整個人試？」

「你的血我早已試過了！在受了能量刺激後活躍非常，但我深信整個人試可能更有出人意表的效果！」

「你有沒有想過我會死的？你怎樣對得住我爸媽？」

「我早說過你爸爸不是我朋友，而是對手，其實我自信我比你爸更優秀，只是他比我幸運，幸運地一而再，再而三比我先得學術獎，更幸運地娶到你媽媽。」他狠狠的說。

「但如果我從你身上有重大發現，我就可以遠遠超越他。你有份參與，他也會感到光榮吧！放心，雖然你媽媽沒選我，但我仍然很愛你媽媽，我也不想你受到傷害，我深信你不會在這實驗中死去。而且這星期我已抽起你大量血液，就是你不在，我也能繼續做實驗。說不得，為求突破科學，有時是需要冒險的。」說著他將激光槍對準我心臟。

「我會慢慢調校的，我們從較低能量開始。」

我著急，全身都在冒汗，但我知道跟他提起爸爸只會令他更激進，但我亦不願將媽媽和他拉在一起。我不甘心，我還未為母親報仇，而且我還想找回閉月的屍體，「我死了，就沒人為媽媽報仇了！」最後我還是希望能動之以情。

「等我奪得科學大獎後，我會有大量獎金，到時我會懸紅緝捕殺你媽媽的兇手，而且我早說過我估計你會沒事的。」

就在威廉準備按下按鈕的一刻，突然有人敲門。

「誰？請稍後再來。」威廉說，但卻沒人回應。

敲門聲持續，威廉逼於無奈，用膠布封著我的嘴，再用布把我遮蓋著，跟著去開門。

那布蓋著我，我甚麼也看不見，只聽到開門聲，然後就是威廉的呼叫聲，跟著有人用刀把我右手的皮帶割開，並說：「快！我們要盡快離開！」我連忙拉開蓋著我的布及撕開口上的膠布，只匆匆看了那人一眼，全然不知他是甚麼人，也無暇理會。我要立刻離開，不容許自己再犯錯誤，我連忙翻過身去解左手的皮帶，而那人就幫忙用刀割開雙腳的皮帶。

「卡拉汗博士！發生甚麼事？你沒事嗎？快醒醒！」突然外面有人叫。

跟著他大叫救命，相信保安很快就會到。那人衝去房間的另一端把另一道門打開，說：「快走！保安一兩分鐘就會到，他們一到，我們要走就很麻煩。」

說後他轉過身想帶我走，但就在此時，我拿著激光槍射向他，他的身體立時穿了一個大洞！

第八章
復仇

原來我在解開左手皮帶時，突然想起見過那人！灰色有頭套的運動衣，遮著頭，戴著太陽眼鏡！垂下頭，手錶有個旋轉的發光環，我肯定是他！

我就在那人開門的時候，把吊在天花的激光槍拿下來，對準他發射。

我終於報了仇了！終於報了仇！這幾年都一直在等這一天，我在心裡大叫。他心口開了個洞，躺在血泊中，我伸手按他的胸口，不是想為他止血，只是確保他還有沒有心跳。果然他已沒有心跳了！我立刻奪門而逃。

但霎時我的腦海一片空白，儘管我不是一個好人，但我從沒有殺過人。或許此刻我已徹底成為一個壞人，殺人犯的兒子終究也成為了殺人犯！

我逃出了實驗室，途中打倒了三個保安及一個職員。我雖然報了仇，但一點復仇的快意也沒有，反更想念媽媽。而且遺憾的是我不知道我的仇人是誰，亦不知道他因何殺我媽媽。

還有，我既已報了仇，那我跟著還有甚麼可做呢？我要回去衛城，那裡還有我的朋友咸美頓等人。我不再坐巴士，我已離開很久，想快點回去，我偷了一輛車，就駛回衛城。

好不容易，我終於回到衛城。我懷念那天藍酒吧的熱香餅，所以沒有回家，反而很快回到我們慣常的聚集地，今天酒吧那裡沒有太多客人，也不見咸美頓等人，但時間尚早，或許在此稍待一會，就能見到大家。酒吧內的酒保阿麥和我打招呼，由於我們經常去這酒吧，所以非常熟悉阿麥。

我吃著熱香餅，不知不覺已喝完一杯，我叫阿麥為我添酒，突然從電視中再次看到人狼出現的消息，我全神貫注留心觀看，這次人狼竟然就在衛城附近出沒。而且這次不單有人目擊，還首次出現了一個懷疑被人狼襲擊受傷的受害者。

我再次呼喚阿麥添酒，哪知我叫了數次，他也沒回應，跟著有一個我不認識的人出來為我添酒。喝了這杯後，由於等了一會仍未見眾人，我想問阿麥最後何時見過他們，於是我就走入酒吧內堂。當我推門進去時，就見到阿麥已暈倒地上。突然間，門後撲出一個人偷襲，他一拳的打過來。但我在千鈞一髮間低頭一縮，跟著轉身飛踢，只是一腳，就把偷襲的人踢翻，跟著還有另一個從門後衝出，我一把跳上桌上，再抱著屋頂的橫樑，連環飛踢，把剛進來的人也踢倒打滾，我的身手真是越來越快，忽然門後有聲音：「好身手！」

我道：「還有更好的，要不要試試？」

我不知有多少人在埋伏，但瞬間再有兩人撲出和我纏鬥。只聽到其中一個人說：「只需再纏他一會，他已喝下迷暈藥，一會藥力便會發作。」

兩個人都不是我的對手，但他們目的只是纏著我，只聯守

不攻，一時三刻我亦奈何他們不得。突然我腳步蹣跚，跟著就撲倒在地。兩人歡呼一聲，連忙撲上，想把已倒下的我一舉制服。哪知我突然跳起，再次連環飛踢，兩人近距離被我踢中，應聲倒地。

原來我只是假裝暈倒，那第三杯酒我完全沒喝，只是趁那假酒保不為意時隨地倒了。其實阿麥突然不見了，這陌生酒保的出現令我增添戒心。更重要的是經過這幾天和威廉的相處，令我事事添上戒心。

四人醒來後發覺各自被我綁在椅子上。在他們暈倒後，我細心看他們的面貌就發現他們原來是之前曾兩次交手的另一個匪幫的人。其中一人就是曾和我對打，手持電槍的那人。

這刻我用冷水把眾人潑醒，三人發覺被綁著都大驚，那個曾被我打敗的人就破口大罵。

我要審問他們，因為我怕我的同伴受到傷害，我是他們的首領、保護者，我有責任照顧他們，但我偏偏離開了很久。我問他們：「你們找我報仇嗎？你們怎麼知道我在這兒？」我心裡著實有點擔心咸美頓他們。

其中一人求饒，「不要傷害我們！我們只是受命來活捉你。」他一求饒，那位在罵我的就改口罵他，讓他不要求饒。我隨手用毛巾塞著他的口。

果然是尋仇，還要活捉我，想要折磨我嗎？沒有這麼容易！

「我的同伴在哪裡？也給你們活捉了嗎？」說罷我拿了一把廚房刀在他面前晃來晃去。

他著急地說：「不是！我們完全沒有見過他們，不知他們在哪裡！我們只是奉首領的命令來活捉你一人，我們在這裡查問了很久才找出你們的聚集點，於是就在此埋伏，但首領吩咐過要善待你，更叮囑我們千萬不要傷害你！」

「就憑你們也想傷害我！」我在苦惱以後再也不能來這酒吧吃熱香餅了。

「你們真不的知道我的同伴在哪裡？」我的刀越來越接近他的臉。

「真的不知道？」

看他著急，我相信他沒說謊。我今天已殺了一人，不想再殺人，其實應該是以後也不想再殺任何人。這幫人和我無仇無怨，大家都是匪幫，我只想嚇嚇他們，沒打算真的傷害他們。

「你們以後的目標我也不會再沾手，但你們亦不要再惹我們，我警告你們若再在此出現，我不會放過你們。」

那口中塞著毛巾的人聽我說後怒目瞪視我，我沒時間和他們糾纏，我要去找咸美頓等同伴，我走到門口，離開前把刀飛向那瞪視我的人坐的那張椅子，那刀就剛好釘在他兩腿之間的椅子上。那人面如死灰，禁不住冒汗，不再瞪視我。

我急步出行，想到咸美頓的住處找他們。哪知我剛出酒吧門口，就有一張網從天上掉下來，一把的將我罩住。

我大吃一驚，但苦於被網纏著，一時難以脫身。我暗怪自己大意，同時向網外望去，哪知一望，我的驚恐更是到了極點。

站在我眼前的正是今天被我殺死的灰衣人！

我真的不敢相信我的眼睛，我在他心口開了個洞，也探清楚他沒有了心跳，但這刻他竟然絲毫無損的站在我面前。

就在我呆住的那刻，那人說道：「我沒有惡意，如果你能平心靜氣的聽我說，我可以放你出來。我想你必定有很多疑問！」

我的確有很多疑問，我怒吼：「你為甚麼要殺我媽媽？」

「我沒有殺你媽媽！你就是誤會了才會想殺我吧！」

「誤會？」我怒氣稍稍止息。其實冷靜一想我完全沒有真憑實據。

他頓一頓，正色的說：「你母親的事我也很遺憾，但她不是我殺的，我不是你的仇人，我是你的守護者！」

「守護者……你這笑話，著實有點荒謬！」

我盡力冷靜下來，要報仇、要活命都需要冷靜。我要留意、觀察周圍的環境，亦要細心觀察灰衣人。

那人說：「我的確去過你的舊居，但我到時，你媽媽已遇襲快死，你可記得她身上的傷痕嗎？你想想那是甚麼『動物』造成的？」

我冷靜下來，細想媽媽身上的傷痕，的確很特別，不似是刀割的，更似是被動物抓傷的。因為她身上數條長長的傷口都

是平衡的，一般人難以連續幾刀都割得這樣平衡。

「你想說甚麼？你說兇手不是你，那麼是誰？為甚麼你會去我家？」我的確沒親眼看見他殺死媽媽，只是我家從來沒有訪客，我們剛搬去那地不久，沒有太多朋友，亦沒有通知舊朋友我們的住址，所以不太可能有訪客，灰衣人在那時、那地出現實在太巧合，還加上他的手在那時滴血，令我不得不推斷他就是兇手。但以上種種也只是我的推斷，如果我錯了，即是報錯仇，殺錯人。我已殺過他一次，我不能再錯，現在姑且先聽他如何說。

「我去你家是要保護你，因你會有危險。但我還是遲了一步，而我去到亦不見你，當時你媽媽已受傷快死了。」

當晚那時間，我本應已回到家中，只是在蛋糕店徘徊太久，所以才遲了回去。

「謊話！我根本沒仇人，為何我會有危險！我亦粗略點算過財物，肯定不是失竊，我們亦根本沒有值錢的東西。」

「我已說過要殺你的不是人。」

「哈哈！不是人，難道城中還有老虎、獅子？」

「都不是，是人狼！或更正確的說，是狼人！」

「人狼！你是否看新聞片或電影太多！你莫要胡亂找個借口欺騙我。」其實我隱隱覺得他說的或許真的有可能。

我沒等他回答，「若真是人狼，更不應去我家殺我！殺我媽！」我當然抱有疑問。

「你的疑問實在難以一時解答，如果你答應你能平靜下

來，我先放你出來，再找個適合的地方說。」

我同意，我必須同意。事實我曾嘗試殺他，對他懷有敵意，如果他想害我，現在是最佳的時機。如果他反過來放我出網，代表著對我毫無敵意，亦不想報我傷他之仇。再加上我無法證實他就是兇手，我必須合作，才能找出真相。

「放我出來吧！我答應你會平靜地聽你解釋，我們也不用去別的地方。就在這酒吧說吧！」那灰衣人就收起網，把我放出來。

酒吧內的客人早在我們在廚房打架時就已跑光，阿麥、一位侍應、一位廚師本被四人幫匪綁著，我已解開放走，並讓他們不要報警，亦保證只要今天不再回來，明天回來就會沒事。我在審問四人時亦在酒吧門外掛上休業的牌子，所以沒有人會打擾我們。

我們在酒吧內坐下。

「我知道你有三個問題，一是誰人殺死你媽媽；二是我為何不死；三是我是甚麼人。你最關心的應是第一個問題，但第二和三條問題較簡單，我會先答。我能夠不死是因為我擁有機械的後備心臟。你確實打中我原來的心臟，但我已年紀老邁了（其實他看來只不過 50 來歲），原來的心臟，早已衰老，大不如前。我亦早裝有後備機械心臟（那他是機械人嗎？），你開槍射壞了我原來的心臟，後備的相隔三十秒就會啟動，所以我可以存活下來。你對我所造成的傷雖然不輕，但我身上的科

技還是能修復的。而第三個問題，我叫保羅，是你的守護者，對你全無惡意，即使你曾射殺我，我除了不打算報復，還會堅守我的任務，繼續保護你。其他關於我的事，我容後再告訴你。至於你最關心的第一個問題，在我回答前，我要先問你一條問題。你可知道你是誰？」那灰衣人說。

「你這問題真好笑，我當然知道我是誰！難道我還要你告訴我是誰？那你又是誰？你是機械特警嗎？為何會有這個電網？你不要轉移話題，我不相信真的有人狼，如果你說不是你殺死我的媽媽，那為何你會在我家那裡出現？為何那時你的手會滴血？」雖然他的話有一定的說服力，但還是太天馬行空，令人難以置信。

「我早就說過我去你家是要保護你，人狼卻是要殺你。只不過剛巧你媽媽在家，而你不在，你想想你媽媽身上的傷是否像狼爪所傷？」

「那你說的人狼為何要殺我，要殺我媽？你又為何要保護我？」

「我想我要從頭跟你說。」他頓一頓，「你這幾年身體出現了甚麼變化？」

我突然想起我流的黃血。

「你是否在流黃色的血？」

我沒答，我怕他又想將我拿來做實驗，但霎時驚訝的眼神已把我出賣。

「果然你已到了這階段！」

「其實你的身體有異乎常人的基因潛伏，這種潛伏基因並非一般人所有的，你爸爸和媽媽也有這種基因，但卻都是隱性的，所以永遠不會顯露，亦不會影響他們的身體。」

「當然，你繼承了他們的基因，但由於你的父母都同時有著這種基因，你和哥哥的基因，就不再一定是隱性的，而是可以被觸發的。那年你們一家應該是去了亞太空旅行，你和哥哥就是在那裡接觸了小量的宇宙射線，因而激發你們的特殊基因。你所受的幅射應該較少，所以進化比你哥哥較為緩慢。你年少時這基因一直在潛伏，你會和平常人一樣，但一經激發後，這潛伏的基因就會吸取外來的力量，然後進化。」他繼續說。

「若果你體內的細胞能吸取足夠的能量，它就會進化到下一層。但若果身體不能吸取足夠的能量，它就會令某些器官出現衰竭，而你和你哥哥的情況就是心臟，你哥哥就熬不過第一輪的進化。」

「雲閉月和你的情況一樣，都是擁有特殊基因的年青人。這些人數千萬人中也大約只有一個。」我一聽到閉月的名字，就立刻全神貫注。

「她也一樣在進化的過程中遇上瓶頸！你爸爸很聰明的把你們二人進化的心臟結合在一起，令你可以更進一步進化。」聽著他對爸爸的讚許，我百感交集，扎心、驕傲、內疚、憤怒、羞愧、疑惑、傷心、可惜，一時間可說是五味紛陳。

他繼續說：「由於你爸爸把兩邊已進化的心臟巧妙地結合在一起，使你成功進化第一階段，啟動了你的 X 核鹼基，與其它的 A、T、C、G 互相結合，進一步合成了你的黃血球。所以你才會流黃色的血！」

雖然他好像在胡言亂語，但他能將我的身體狀況一一說出，連我的 DNA 中有第 5 核鹼基也知道，叫我實在難以反駁，使我越來越相信他。

「在成功進化第一階段後，你的 DNA 有了極大的變化，你除了有人類的線狀 DNA，你的 DNA 中還有一種環狀黏著蛋白，會把長長的 DNA 黏著變成一個個大大小小的圓圈，就如在細菌中找到的 DNA 一樣，正是這些圈圈令你變異了的 DNA 不會如麵條般纏結，亦是這些不同的圈圈令你的細胞有著不同的特性。在你的 DNA 中，除了線狀 DNA，這種環狀 DNA 比比皆是，而它們亦大大改變了你的身體功能。」他說。

「在你的 DNA 中，這新的核鹼基之所以叫 X，因它的作用像 X-factor，一旦啟動後，就會修改你的基因，令你的體能大躍進，你會變得更快、更強壯、更有耐力，所有觸覺都會變得敏銳，連你的第六感亦會特別靈敏。而黃血球的出現會令你大大加速進化，以往人類要上萬年進化的生物特徵，你的 X 核鹼基會令你進化速度提升超過十萬倍，在你而言，萬年進化只要數十天就可以完成。宇宙萬物間有一種力量，你可以稱為靈力，所有生命體都擁有靈力，只是對這種靈力難以自控。但在基因突變後，你就開始能和宇宙萬物的靈力連結，甚至能借

取及控制。當你進化後，你的身體機能會大大提升，一般人只能用到大腦的 10%，而你就可以用到約 50%。這時你就能和大自然連結，而且除了連結，甚至可以借取宇宙萬物的力量。所謂借取能量，即是你能透過借取其他生物的靈力，令你的力量短暫地大幅提升。」

他繼續說：「但這只是開始，你的黃血球仍未完全進化，你必須再進化一次才可以啟動 O 核鹼基，那時候你就可以使用超過 75% 的大腦。當你進化出 O 核鹼基時，你的進化能力會比現在還要快百萬倍，甚至可能是千萬倍，你可能只需數分鐘至數天就可以完成一種生物特徵的進化，以令你更適應所身處的環境。這時你會演化出第七感，你不單止能和大自然萬物連結，那時候除了能借取能量，更可以任意控制身邊的事物，令自身的力量提升至極限！」

他突然問我：「你最近是不是遇過甚麼特別的事？」

我細想，「我最近給電擊過，這有關係嗎？」

「有，一般經過第一輪進化後，身體會進入休養期，不會這麼快進行第二次進化，起碼八至九年內都不會進化。但那次電擊提供了足夠的能量令你提前進入第二期進化。」他頓了一頓，有點遲疑，但還是繼續說：「開始了就不可能停下來，進化必須要在三年內完成，如果未能完成，你會再次因器官衰竭而死！」

彷彿晴天霹靂，這麼說我只剩下三年壽命嗎？還是我仍要偷取別人的器官以活命？

當我知道我可能命不久矣時，我只得一個念頭，我要報仇！

　　「你說是人狼殺了我的媽媽，這是真的嗎？到底是怎麼一回事？」

　　「我說過人狼原來不是想要殺你媽媽，是要殺你。當天我去到你家時，為時已晚，你媽媽已受重傷。之後我打走了人狼，但搏鬥時我亦受了重傷，你當時所見到的血都是我的。眼看你媽媽已失救，我亦無能為力，需趕緊去療傷，所以即使撞上你，也沒跟你說話，因當時的情境我怕你會誤會，亦難以跟你解釋清楚。而人狼剛走，又找不到你，短時間應該不會再來，我猜想你在短時間內是安全的。而人狼要殺你，為的是要阻止你進化！你是他們的天敵，他們當然要阻止你，而且他們是受宇宙幽靈——暗魅指使而來殺死所有進化成功的人。」

　　「為甚麼我會是他們的天敵，這是怎麼一回事？暗魅是誰？真的有人狼嗎？」

　　「你們稱作人狼的，應稱為狼人更合適，因狼人不是地球生物，也不是傳說中的怪物，而是來自接近天狼星的一顆行星上的外星族群，就如人類是居於地球的一個族群一樣。」

　　「天狼星？」人類早已登陸火星，為了探索外太空，科學家已研發出更快的火箭引擎，現在的火箭不只用液體或固體燃料，還會用光離子引擎（用離子風推動前進）、鐳射光帆引擎（用鐳射光代替風力）和改變質量慣性的引擎（利用馬赫效應推力）。這些不同的引擎比傳統的火箭引擎快數百倍至千倍，

使人類能探索更深處的宇宙。但現在人們去火星，不外乎是工業家去採礦、科學家去科研（據聞還會去核試）、政治家去計劃殖民、有錢人去旅行。至於火星以外的星體，人類還沒有去過，更找不著任何外星生命。

「這說來漫長，有機會再慢慢跟你說。」

「那要如何才能找到狼人？要去外星嗎？」這才是我最關心的事。

「他們自然會來找你，我知道你想報仇，但你並未進化成功，力量有限，自保亦尚未可以，報仇的念頭要暫時擱置。」

「我不能讓我媽媽枉死，若果你說的就是真相，那麼我媽媽是因我而死的，我更不可以不報仇！反正我壽命不長，大不了就同歸於盡！」我越說越激動。

「你未必會死，我會想辦法幫你進化的。」

他的話為我帶來了希望。

「我為甚麼要相信你？其實你到底是甚麼來歷？」

「我早就說過我是你們這類人的守護者！我是基因改造人，有人類的主要器官，但同時也有一部分是由機械構造。但最重要的是我的身體內流的血是納米血，這納米血其實是極微小的機械人，這些納米機械人除了是我的血液，還組成我部分的肌肉、骨骼。這些納米血，它們有血液的功用，能運送氧氣和運走二氧化碳，也能消滅細菌及外來入侵物，但也比一般血液有更多的功能，就是能自我修復和延緩衰老。正是這自我修

復的功能令我中槍後不死。我身上還有些機械器官,用來增強我的功能,以及作為後備以防器官老化。至於其他一般的皮肉傷,納米血會加速修補,令我盡快復原。至於我為何守護人類,說來話長,現在不宜多說。」

「那你豈不是不會死!」現代科技雖然進步,但納米血我還是首次聽到,如果真的能長生不死,更是難以想像。

「不!你那一槍就差點取了我的命。我已生存了過百年,正確來說我已一百二十四歲。因我已年紀老邁了,就算血液延緩了衰老,但原來的心臟已大不如前。我亦早裝有後備心臟,你開槍射壞了我原來的心臟,後備的相隔三十秒就會啟動。只是你在我後備心臟啟動前,就探我的心跳,自然是探不到。若是稍等一會就會探到我的心跳,也幸好如此,否則你再補一槍的話我就真的活不了。但你放心,我諒解你報仇心切,所以有所誤會,我說過不會怪責你的。其實我也會死亡,但在你完全相信我前,我不會多說這個。」

「那你為甚麼要保護我?」

「你不是我唯一要保護的人,其實還有另外三人需要我的保護,所以我並不能經常在你的身邊,只不過其他兩個小孩都熬不過第一次進化。其實地球上的基因改造人也不是只有我一個,我們除了保護像你這樣擁有特殊基因的人,也可說是保存了關於七武士的記憶,一代一代的存下去。請你相信我,我會幫你渡過這次進化的!」

我當然懷疑，一個陌生人的話怎麼可能盡信，就連我自小相識，對我甚好的叔叔也欺騙我，我怎可能盡信一個陌生人。但我可以肯定的是，他這刻的確對我沒有惡意，他非常了解我的身體狀況，而且亦不似殺死我媽媽的人，畢竟我只是從我家門口看見他、撞到他已而，我沒有親眼看見他殺死任何人。我想只要給我一點時間，我自能辨別他說話的真偽。

　　「那我們下一步要怎樣？」

　　「首先，你不能回去你的故居，因為會有危險。其次，我們會去一次外星旅遊，外太空有能夠幫助你的人。」

　　「外太空？」

　　「地球上的人沒有法子幫你。」

　　「那我們甚麼時候出發？」

　　「我要準備升空裝備，這裡有太空船，還要準備裝備和食物，預計至少要一兩天，這兩天你留在我處暫居，你在這裡並不安全！」

　　「不行！我可以跟你到外太空，但我必須先找到我的朋友。」

　　「不可以，狼人還在尋覓你。你四處走動，會有危險的。」

　　「我還未報仇，自然會珍惜生命。我只想找到我的朋友，向他們作過交代，這次我要到外太空，我不可以不辭而別，而且我還要警告他們有人尋仇。我只需要一天，明天我就會回來找你。」

「我可以相信你嗎？」

「當然可以！有甚麼比活命更要緊。若你想我相信你，你也要相信我。」

第九章
狼人

　　灰衣人保羅有點遲疑，最終還是點點頭，「那我們分頭行動，你找朋友，我準備物資。我們明天見。」臨走前他給了我他的地址，讓我之後去找他。跟著我們就分開了。我在走之前放走了四個匪徒，並警告他們不要再在此出現。

　　離開了酒吧，想到可能以後再也不能來這裡吃熱香餅，我感到一陣扎心，我深深地吸了一口新鮮空氣，認清方向。我在附近再偷了另一部車，然後向著咸美頓的居所出發。在車上我回想起媽媽死時的傷口，的確似是狼抓。而且我曾經去找過法醫官，他也說過懷疑是野生動物造成的傷口，但因案發的現場是在城市，並在一個掩上門的室內，所以他最終放棄了這個念頭。難道我媽媽真的是狼人所殺的嗎？真的有狼人嗎？我實在不能確定，但灰衣人保羅就無論如何都不像我的殺母仇人，否則他也不會輕易放過我。

　　我把車駛去細威的家，他的家位於眾人居所的中央，所以我們較常到他的家集合，我非常小心，避免被人跟蹤。

　　沒多久我到了細威的家，哪知打開門就已聞到血腥味，我心知不妙，結果在客廳中央看到細威的屍體，再在房中找到成

浩的屍體。我心中大痛，不禁流下淚來，這數年來我們就像家人般，互相看顧，他們就是我在世上唯一的親人，我心中既痛且怒。我望著廳中的鏡子，突然一拳把鏡打破，我的手被碎片割破流血，可是我的心更痛，一向是我保護他們的，我這幾天若在此，可能他們就不會出事。此時縱然我怒火中燒，但卻不知為何竟有陣陣涼意湧上心頭，摸著成浩冰冷的屍體，我母親死時的境況一一再浮現在腦海，中間又夾雜我和咸美頓等人過往的片段。這些同伴終究如同我母親般捨我而去，剩下我孤身一人，悲傷和孤寂突然充斥我的心頭。

但痛楚令我憤怒稍退，復仇的意念令我冰冷孤寂的心再次燃燒起來。當我稍稍冷靜下來，我唯一慶幸的就是咸美頓和偉特都不在其中。但究竟是誰殺了他們？

是另一匪幫的所為嗎？看來不似，半小時前他們還被我綁著，而細威他們的屍體冰冷，人一般死後體溫會每小時下降攝氏 0.83 度（或華氏 1.5 度），他們死去無論如何都不只一小時，雖然匪幫還有其他伙伴，但屋內並不凌亂，不似經歷過劇烈搏鬥，所以看來成浩和細威都死得很快。若不是槍殺，另一伙人的身手看來都不似能數招置人於死地。那麼是誰人殺的呢？

我必須保持冷靜，我細看他們的屍體，確定不是槍殺，竟發現也有點像我媽媽身上的抓痕，也是幾條斜斜並排的刀痕，我立時就想到莫非也是——狼人！

這時我聽到屋外有警車聲，我想應該是有人報了警，畢

竟這裡有濃烈的血腥味，剛剛還有我的驚呼聲和打破玻璃的碎聲。我不能再留，立刻從後樓梯逃回車中，開車離開。

我想保羅所說的應該是真話，但我忽然想起，有一個人能證實狼人是否真實存在，就是在新聞報導中被狼人襲擊而存活下來的那位傷者，只要找到這位受傷的目擊者，就能更接近真相。

在駕車途中，我回想起酒吧的報道，我知道我要到哪裡去了。報導中那個遭狼人襲擊的傷者進了市內唯一的醫院。我連忙趕過去，只要能見到他，我就能知道是否真的有狼人。

過了不久，我已到了醫院，我戴上帽子，把頭稍稍垂下，因醫院有太多閉路電視。我走進去，一樓的大堂擠滿著人。我走到詢問處查問：「請問是不是有位被狼人襲擊的病人？」

「你是他的哪位親屬？因為私隱問題，我們只能向親屬說。」詢問處的姑娘說，說罷她轉過頭，把一些檔案交給另位同事，然後再回頭等待我的回答，但卻發現我已不知去向。

我走上一樓的護士前台，那裡的人少很多，櫃檯只有一位護士在處理文件，另有兩位護士分別在不同的病房為病人護理。我趁前台護士不為意，悄悄走進其中一間病房，在其中一張房床按緊急鐘，跟著快步走回到櫃檯前，看著前台的護士急忙趕過去那病房，我趕緊翻看前台的病人紀錄。終於知道我想找的那病人在病房 402 室。我跟著就去了 402 室，病房內只有一個病人，那病人正躺在病床上，我看到一個女護士在護理

他，我連忙閃到門後。跟著聽到那女護士說：「你又不吃嗎？你已三天沒吃過東西了，你不餓嗎？」病人目光呆滯，沒有回答。跟著護士調校了那病人的點滴，就離開了。

我待她走後，開門進去，望著病人呆滯的目光，似是注射了鎮靜劑之類的藥物。我望著他，心裡有點不忍打擾他，但我要查知真相，也就沒有辦法。床頭寫著他的名字叫「史密夫」。

我單刀直入，「史密夫先生，我是《星球日報》的記者，請問史密夫先生真的看到狼人嗎？」

他沒有回應，但呆滯的目光突然閃出恐懼的眼神。他喉頭發出呵呵聲，卻說不出話來。

「你慢慢說，不用急。」

他的手拉著我的手，如果不是藥物的影響，他應該會緊握著我。他仍說不出話，但恐懼的眼神半點不能裝假，我想這就已給了我答案。

我還想多問關於狼人的問題，但突然外面走廊傳出驚呼聲，而且不是一個人的呼叫，而是很多人同時在驚呼。

我知道有事發生，留在這裡應該不安全。我要速速離開，我想稍後回來再問吧！我剛要離去，但突然聽到槍聲，我想病人留在此處亦應該不安全，於是我回身扶起他，要帶他離去。

我扶他出了門口，就聽到驚呼聲不絕，我朝呼叫聲那方向望去，赫然見到我要找的答案——狼人。

既然保羅所說的是實話，那麼我的殺母仇人就在眼前，

我立刻就想衝上前跟牠拼命。但史密夫的手臂這刻搭在我的肩膀上，把我拉慢下來，就是這一瞬間，令我稍稍冷靜下來。而這一瞬間狼人已殺了三位保安，其中一位保安曾向牠連擊了數槍，但那狼人卻絲毫無損。我很清楚無論我身手如何再好，亦沒可能赤手空拳殺死這狼人。如果要報仇，我就要先保存性命，再另想辦法。

狼人好像正向我們的方向過來，牠是否如保羅所說的，真的是衝著我而來？但四邊都有從病房衝出來的人，走廊一片混亂。而且亦再有保安趕到，這阻擋了牠，令牠在一片混亂中找不著我。於是我急忙把史密夫扶到相反的方向。

我扶著史密夫轉了個彎，電梯就在走廊盡頭。

門關上了，我屏息呼吸靜待⋯⋯

我們沒有乘搭電梯，因史密夫走得實在太慢，而且我看到兩部電梯，一部還在八樓，另一部就在地下底層。我決定冒險，我扶他走進走廊側邊的一間房，這房內已有一個女護士在躲藏，就是剛才照顧史密夫的那個，可以看到她不停在抖震，我想是由於她太驚恐，所以未能走遠，只能找個地方躲藏。這房內還有一個不太大的儲物室，但已足夠數人躲藏，我扶著史密夫一同躲進那儲物室中，當然那護士也跟了進來，我把史密夫交給她照顧。我連忙關上門，希望狼人不會找到我們。

我們靜待⋯⋯

外面的驚呼聲漸漸靜下來，也再沒有聽到槍聲，我回想剛

才看到屍橫遍野的景象，心裡不禁顫抖，我連大氣也不敢喘一下。這刻除了我的心跳聲、史密夫的急速喘氣聲和護士的輕微顫抖聲，我再也沒聽到任何聲音。我只想時間快點過去，但世界好像停頓了。

突然間我聽到門打開的聲音。

我的心急速跳動，我只能勉強控制自己的呼吸不要過急。這時我從儲物室的氣窗中偷望，看到狼人就如一頭普通的狼，只是牠能以後腿站立如人一樣，但牠凸出的狼嘴，長長的狼牙，又長又利的爪，黏黏的唾液從嘴角流出，偶爾發出狼嚎，實在煞是嚇人。其實這幾年我經歷了不少驚險場面，但面對狼人，我還是不自禁的恐懼。

我聽到狼抓刮在牆上的聲音……沙沙……沙沙……

如果我們被發現，我能夠活命的機會應該很微，我身旁的人更連一點機會也沒有。如果我要報仇，我就要保住性命。

透過儲物房的氣窗，我看到牠漸漸的接近，此刻我連呼吸也不敢，我也用手勢示意史密夫和護士不要發出聲音。

牠停下來，是牠發現了我們嗎？我的心就像要跳出來一樣。

跟著牠慢慢的走過。

突然牠又轉身走回來，是發現我們了嗎？我再屏息靜氣，狼人再次在儲物房前走過。這次牠終於走出了房門口。

我終於鬆了一口氣。

突然在這時，我聽到後面有嗚嗚聲，我連忙轉頭看看發生甚麼事。但看到的恐怖景象是我以後多年亦不能忘懷的。

　　我看見史密夫竟然變了一隻狼人！異常凸出的口，長長的獠牙，極鋒利的爪，身體關節格格聲響，煞是嚇人。

　　但更嚇人的是這狼人正在活活的吃那女護士！我看到那女護士喉頭被狼爪割破，不斷在冒血，正是喉頭充滿了血的關係，她無法叫出聲來，只能發出淒厲的嗚嗚聲。史密夫狼人正在吃她的肩膀，鮮血源源的流下，肩膀已吃到見骨，跟著史密夫狼人再咬下去，只聽到骨骼的爆烈聲，眼看她是活不了。但她一時還未死去，瞪眼望著我，希望我能施救。但我實在無能為力，心裡一陣難過。

　　我還驚魂未定，史密夫狼人突然望向我，跟著拋下女護士，向我撲來。我大驚，但見牠一抓抓來，我的身體自然作出反應，頭一縮，跟著著地打滾避開，跟著我彈身而起。迅速打開門向門外速逃，哪知我剛出門口，狼人就在我的右側。

　　牠一爪抓向我，我已肯定無法閃避，我想這一抓的力度足以把我分開兩邊。就在我準備閉目受死時，突然「砰」的一聲，聲音令我耳朵震動，跟著我看到狼人心口穿了一個大洞，穿過洞口我看見威廉拿著他的激光槍瞄著我這一邊，跟著我看見狼人倒下。

　　但不知怎的，不斷有液體流向我的手，我舉手一看，滿手都是黃色的血。我再稍稍向下望，看見我也穿了一個洞，不過遠比狼人的那個小。我想這是牠在我前面擋了大部分的

能量所致。我倒下，看到威廉不知所措的表情，不知他如何得知我在此處。他拿著激光槍，射死了狼人，哪知他那一槍不但射穿狼人的胸膛，還在我的腰間開了個洞。他既救了我，也同時殺了我。

第十章
進化

　　我倒下，但還有知覺，知道史密夫狼人正走出來，看來死前還要受狼抓。就在史密夫狼人向我抓下之際，威廉霎時清醒過，他向著狼人再次發射那激光槍。我是他的實驗品，無論死活，他都會想進行研究，但這刻他想若能活捉一隻狼人做研究，那或許更有震撼性。可惜他的準頭不太好，這一槍只擦過狼人的手，狼人大怒，忘了躺在地上的我，反而轉身向威廉撲去，威廉連環開槍。

　　我的眼漸漸下垂，霎時間腦中閃過一幕幕片段，有被媽媽愛護的溫馨時光、有與爸爸一起戲弄媽媽的片段、有我戲弄閉月的歡樂時光，也有和咸美頓他們一起出生入死的時光。我眼前這些影像就像影畫般在我面前不停迅速走過，最後這些影像停在一個畫面中，我看到四個人，我看到了媽媽、哥哥，也看到了閉月，看到了我那沒有面容的爸爸，只聽到他的聲音，卻看不到他的容貌，是我真的已忘記了他，或是不想再記起他？我也看到閉月天真甜美的笑容和我捉弄她的情景，太好了，我們應該很快相見。我又聽到母親的叮嚀，畫面中，沒有面容的爸爸和我、媽媽、哥哥四人相處甚歡。我突然釋懷，我終於可以和媽媽、哥哥團聚了，我可以問媽媽她最後想對我說甚麼？

我還可以對媽媽說對不起，這是我一直耿耿於懷的。突然間我看到滿身鮮血的母親，我就驚醒過來。

原來就在此時，保羅從電梯中走出來，一手抱起我，再奔回電梯，不停的呼喚我。我又聽到威廉的慘叫聲，卻看不見他的情況。但我卻朦朧的看到狼人正衝過來，跟著電梯門關上。

我感覺電梯正在下降，還是我正在下地獄？我這個殺人犯之子當然會下地獄。跟著我感覺有些冰涼的東西流進入我的身體。只見保羅把他的手腕割開，把血液流到我的傷口，這應該就是他的納米血。我感覺到冰冰涼涼的，但說也奇怪，納米血只要一接觸到我的傷口，就立即遮蓋我的傷口，漸漸我覺得有部分納米血流到我的血管裡，亦有部分把我傷口包裹起來，為我止血。

突然「呼」的一聲，電梯頂好像受到硬物撞擊。跟著電梯的頂部給抓破。原來狼人抓破了電梯門，跳到了下降中的電梯頂，一把將電梯頂抓開。保羅從懷中拿出手槍射向狼人，瞄準了牠的心胸，但因電梯的搖晃，這槍只射中了牠的手臂，狼人看來絲毫無損。

這時電梯已到了地下，電梯門打開，保羅呼喊「快走，我拖延著他。」

有了納米血，我神智稍為回復，爬出了電梯門，但我不能留下保羅不理，而且我亦太虛弱，根本難以自行走動。

這時狼人已跳進了電梯，與保羅搏鬥，保羅是基因改造人，亦有部分是機械人，在能力上並不輸給狼人，他一手捉住

狼人的爪，另一手把狼人的身軀推向電梯牆，把牠另一隻爪也壓在牆，令牠不能咬他，也不能抓他，可是他給了我不少納米血，能力大減，難以持久戰鬥。看著他們搏鬥，我不禁擔心保羅最後會輸。

果然不一會，保羅力量漸弱，看來很快便沒法壓制狼人了。

我心中大急，我絕不願有人為我而死。何況他是唯一能幫助我進化的人，在他死後，恐怕我亦難逃厄運。就在這時，我聽到旁邊的電梯「叮」的一聲，原來隔壁的電梯也到了地下。我看到威廉滿身鮮血從電梯走出來。威廉肩頭受了傷，流了很多血，也不知能否活過來。同時狼人終於掙扎擺脫了保羅的壓制。保羅跌在地上，狼人一把向他抓去。

威廉步履蹣跚走出電梯，手裡仍握著鐳射激光槍。我突然靈光一閃，想把他的激光槍搶過來，但我連爬起來的力氣也沒有。我只可以注視著激光槍，竭力想把它拿到手。不知怎的，在這危急關頭，威廉手中的鐳射槍竟然飛了過來。我無暇思索，把槍握在手，瞄向狼人開了一槍。

牠中槍了，但沒倒下，只是轉移了目標，向我衝過來。在千鈞一髮之際，保羅大叫：「要射他的心臟！」

我在狼人撲向我之際，再開了一槍，也不知道是否打中牠，更不知道能否打中心臟，我只知道牠和我，兩個只能活一個。只見狼人撲到我身上，跟著倒下。

幸運地我知道自己打中了，但我已沒有力氣推開牠。保羅過來搬開牠，把我帶到他的車中，再把車開走。我想我和保羅都終於平安了，剛鬆了一口氣，就感到身體虛脫，慢慢的沉沉睡去。

　　這一睡也不知睡了多久，我終於醒來，發覺我在床上照著紫外光燈，保羅就在左側。

　　「你終於醒了。」保羅過來，把燈熄了，並扶我坐起。

　　「我睡了多久？」雖然已經醒來，但我感覺全身發熱，頭仍然昏昏沉沉。

　　「一整天了，你還在發燒。」

　　果然是。「感謝你救回我，我雖然曾經想殺你，但你還是再三幫我、救我，我真慚愧，請你原諒！」

　　「不用謝，你不是在危急關頭把狼人射殺，救了我嗎？那你之前打傷我一事，現在可以扯平了！而且我本就是你的守護者，我的納米血的確幫你止血並及時幫你解決失血過多的問題，但你現在還在發燒，也全因我的納米血！」

　　「為甚麼？」威廉的激光槍差點殺了我，但又救了我。保羅的納米血救了我，但又會致我於死地嗎？實在令我糊塗了。

　　「因為納米血對你來說是異物，所以你的黃血球必須要對付它們，把它們全消滅。我想現在我的納米血在你體內已所餘無幾。」

　　他接著說：「你的黃血球也如常人白血球中的巨噬細胞，

這種細胞會竭盡所能吞噬一切外內物，所以它們現正吞噬我的納米血，亦因此你此刻正在發燒。不過這是進化的初階才會這樣，黃血球會為你消滅一切外來物。到了你進化的後期，黃血球並不一定會消滅外物，反而會與外物共存，並能控制及吸收它們的能量。」

保羅繼續說：「一般人有的是白血球和紅血球，你有的卻是黃血球。紅血球為人提供氧氣，令人體可以製造 ATP，ATP 這種化學物質能為細胞提供能量，而白血球則為人體提供保護作用。但你的黃血球能兼兩者功能，並有過之而無不及，能直接為你提供能量，更有超強的保護力。」

我對我的身體變化感到很神奇，但我對另一件事更感興趣。我突然問：「可不可以多說一些關於狼人和你的事？」

「我知道你想報仇，但現在還不是時候。我還是先說你的事，你有需要知道。」

「我有甚麼事？我會死嗎？之前你說過我若然未能再次進化就會死，所以我會死，是嗎？」

「不是！威廉那一槍差點殺了你，但他也幫了你一個大忙。」

他繼續說：「你中了一槍激光槍，藉著那激光的能量，你的進化已進入全新階段。我在你昏睡時為你抽血檢查過，你之前的血液還是黃中略帶紅，現在已全然變成鮮黃色，我再詳細檢驗過，你已經出現了 O 核鹼基了。我檢查你的 DNA，你的

DNA 已經由雙螺旋變成三螺旋，原本人類的 DNA 只有 A-T 和 C-G 的雙螺旋組合，你的卻是 A-X-T 和 C-O-G，形成了三螺旋。所以你中的那一槍的確幫了你，但如果不是我的納米血及時為你補充血液和止血，你還未來得及進化，就已經會因失血過多而死，他那一槍還是會終究要了你的命！你發燒除了因為納米血入侵你的身體，還因為你身體正在發生巨大的變化，等變化完成後，燒自然會退。那時你的靈力會比現在強大很多、很多倍！」

「那我算是因禍得福了吧！那為甚麼我的身體會這樣？為什麼我會與別人不同？」我問。

「其實上古時期的人類都和你現在一樣，有超乎常人的力量，當然每個人力量的強弱有異，並不完全一樣。但都擁有現今世代的人所沒有的力量，只是人類不斷的退化，才變成了今日的樣子。」

「退化？」我打斷他的話。

「是的！是退化，以致人類今天喪失了一切與大自然連結的能力，變得平凡，而人腦的使用率亦只剩下約 10%。至於人類退化的原因，我將來有機會再說。但你擁有特別的基因，你父母遺傳給你，並被激活了。而你又僥倖地完成了兩次進化，以致你的 O 核鹼基出現了。早兩天你不是能隔空拿取威廉的激光槍嗎？這就是與大自然的力量連結，並提取其中的力量，所以你才能隔空取物。只是這刻你還未能操控自如。」

「你說我能隔空取物？」

「是的！到你靈力強大時，你能任意操控他們。而且不限於死物，你連其他生物也能控制！」

我如何拿到威廉的激光槍一直令我感到困擾，直到這刻終於得到答案。

「為甚麼我會和狼人為敵？威廉又怎麼會找到我？」我又回到我關心的話題。

「威廉如何找到你，我也知道了，你看看你的左上臂。」

「我左上臂的確是紅腫了，這裡還有一個傷口，不過也不礙事。」

「你的傷口是我切開的，應該是威廉把一個追蹤器植入了你左上臂的皮膚底下，因此他才能找到你。你的手臂出現紅腫，正是你的黃血球對付外來物所致，我發現你左臂有異後，已經把追蹤器取了出來。狼人的事我以後慢慢再說，但你記住下次要殺狼人，一定要摧毀他的心臟，只有摧毀他的心臟，他們才會死。而且要小心他的唾液，他的唾液擁有改變人的 DNA 的能力，它裡面有種細菌會如現代基因工程常用的 CRISPR-Cas9 般修改你的基因，令你由人變成狼。現代基因工程用的 CRISPR-Cas9 是細菌的基因中的一種酵素，它能像膠水和剪刀一樣的剪接 DNA，所以被科學家用來剪裁人類的基因，狼人唾液中的那種細菌就有更強大的功能。據說人類和黑猩猩的 DNA 有九成多相似，人和犬類的 DNA 也有約 84% 相似度，當然就是要改變 1% 的基因，也絕非易事，但這種可怕的細菌

就有這種能耐。其實當你的O核鹼基變得成熟和穩定後，就再也不用怕這種細菌，但你的O核鹼基才剛出現，並未穩定，所以牠們的唾液和血液你一定要避免任何接觸。」他頓了一頓，「不過現在首要是你要完全康復，然後再接受訓練。」

「訓練？」

「是的！你現在未能妥善控制你的能力，所以會若有若無，因此你要接受訓練，是超嚴格的訓練，讓你的能力能達至頂峰。」

「我不需要訓練，我的能力在頂峰或低谷也不打緊。我只想為我媽媽報仇！而且我還未找到我的朋友。」但我的能力的確時無時有。

「狼人的厲害你已見識過，如果你只想送命，就是不訓練也不打緊，但若然你想報仇就必須訓練，而且接受訓練不單是為你個人。」

「那還能為了誰？為了甚麼？」

「今天已經夠了，我改天再回答你的問題。你的朋友你也不用擔心，如果他們已死亡，你也無能為力，但如果仍在生，只要你遠離地球，我保證他們都會安全。你好好休息吧！」

我還想再問，但保羅已把房燈關掉，並開啟紫外光燈，說：「這是為你補充能量的。」說罷就關門走了出去。我也真的太累，頭也昏，而且今天所聽到的我實在需要點時間消化，接著就昏昏地睡去。

午夜間，突然傳來陣陣的呼叫聲，我被叫聲驚醒。我離開

了房間，隱約聽到聲音從屋外不遠處傳來，於是我離開房屋，遁叫聲一路走去。那叫聲聽來淒厲，昨天的經歷雖然可怕，而且我亦受了傷，但我並不害怕，我亦沒有叫醒保羅，因保羅短時間內兩次大量失血，他也實在需要好好休息，我不想驚擾他。我一路走，傳來的呼叫聲就越來越響亮，在漆黑寂靜的夜裡聽來更是恐佈。本來經過醫院的驚險經歷，我本應遠避一切危險，但在好奇心驅駛下，我還是越走越近，但這刻除了呼叫聲，還開始聽到另一種聲音：殊……殊……的聲響，那究竟是甚麼聲音呢？再走一會，那滋滋聲就更響。我苦思那到底是甚麼聲音呢？突然間我就想到這好像是吮吸聲，為甚麼竟會在這時、這裡聽到響亮的吮吸聲呢？我相信我已離聲音不遠。安全起見，我在地上拾起了一根粗木幹作自衛之用。

再走十數步，並轉了彎，我就來到呼叫聲傳出的地方。眼前一幕再次嚇倒我。我看到一隻巨型蚊隻，這隻蚊如一般蚊的樣子——有複眼、六翅膀、長長的口器，但卻足有一個人般的大小。還有不同的是，牠的六隻手腳不像地球的蚊子般幼細，反如人般似的，有兩雙手、一雙腳。這巨型蚊子這刻竟把一個人按在地上，把牠長長的口器插進那人的頸側，一直吸吮他的血！只見血液從牠那半透明的口器沿沿而上。那人被按在地上，不能走動，他以恐懼的目光望著我呼喊，只是聲音越來越微弱，若然不儘快救援，他很快就會失血而死。

但更驚嚇的是這個被按在地上被吸血的人竟然就是偉特。我本被驚嚇得呆在當地，但一見偉特就立時從驚懼中反應過

來，一把把手中的木條使勁飛擲過去。果然一擊即中，巨蚊被木條擊中後拔出牠的口器，脫離了偉特的頸項，霎時偉特的鮮血從傷口急噴而出，暈了過去。巨蚊當然沒有罷手，立時向著我急飛而至。

我急忙向後退，但轉眼間牠已飛到眼前，只見牠把牠的針型口器一把向我刺來，我低頭並腳步急向右移，僅僅避開。但那巨蚊沒這麼輕易放過我，牠不斷拍打翅膀飛行，與我不多不少保持約 2 米的距離，而牠的巨針就如利劍般一下一下的刺過來。我仗著敏捷的身手一一避過。我一摸腰間，藏在腰帶的軟劍不見了，應是保羅為我療傷時取走了，由於手無寸鐵，我只能不停倒退閃避。但始終我才剛受過大傷，體力還未回復到五成，而且在慌亂間，沒能留意地面情況，再加上我不停倒退，終於被地上的石頭絆倒，跌在地上。

只見那巨蚊一瞬就飛撲而至，牠的口器一把向我插來，我急在地上打滾，那長針就插在我頭側數公分之外。牠當然不會就此罷手，牠拔出口器，再次向我急插，我想若被插中，莫說血液會被吸走，恐怕還會當場被釘死於地上。我急忙再在地上打滾，並一把抓了些泥土撒向巨蚊的眼睛。泥土撒向巨蚊，牠拍翼稍稍後退，這令牠攻擊稍緩。我才僅僅避過連環三插，還未來得及起身，牠已再撲前。哪知這次牠不是用口器插向我，而是先用腳踢倒半站起的我，再一腳踩在我身上，叫我難以再在地上打滾，跟著牠再次一口向我插來。

由於我已無法打滾，在避無可避下，唯有在地上拾起一

塊石頭，然後出手以石擋格。哪知那巨針一插就把那塊小石刺穿，直插我手，牠的針口剛插入我的手掌中，我隨即看到我的血液沿口器而上。如果牠如地球的蚊子，牠隨即就會向我回吐牠的唾液以防止我的血液凝固。就在這一刻間，我力貫手臂，忍痛讓牠的口器刺穿我的手掌，吸管的入口就離了我手，以阻牠再吸我的血及回吐唾液。由於牠的口器仍穿在我手中，我反而搶回了主動權，用盡全力一腳踢向牠，把牠踢開了，當然牠的口器也就此離開了我的手掌。

我立時站起身想掉頭跑，但我今天失血過多，身體實在虛弱，突然感到一陣暈眩，再次倒地。我勉力想再次站起，但那巨蚊飛至，一腳踏在我身上，這次牠的口器卻是瞄準我的心臟直插而來！

就在我以為我和偉特都會一命嗚呼之際，突然間巨蚊背後有一把刀砍來，一股把巨蚊的頭部砍掉。雖然牠的頭被砍，但牠的口器還是向著我的心臟直插下來。我用盡僅餘的力氣急忙側身，僅僅避過牠口器的下插，只是背部還是被口器割傷了少許。

原來保羅及時趕至，只是他短時間內曾受重傷及失血不少，身體機能未完全恢復，他怕我們就算兩人合力也未能打敗巨蚊，於是反而躲在一旁，靜待時機。直至眼看我將命喪之際，就撲出來突襲，全力一擊，幸運是巨蚊正全神攻擊我，並未防範，因此保羅才能一擊即中，把巨蚊的頭一舉砍掉。

保羅想扶起躺在地上的我，我實在已沒力氣自己爬起來。

但保羅因剛才那一砍使力過猛，不但扶不起我，就連自己也一併跌倒。我倆一起跌坐到地上，都在喘氣。但我還是爬去看看偉特的情況，一探他還有鼻息，忙用還在發抖的手按著他的傷口，希望能為他止血。可幸的是他還有氣息，我一邊按著他的傷口，一邊坐在地上喘氣。

　　一會兒後，我對保羅說：「謝謝你及時趕到，這是我的朋友偉特，不知道他為甚麼會在此處出現，但反正我找到他就好……」我喘了口喘氣繼續道：「那巨蚊究竟是甚麼生物？」

　　保羅說：「這是蚊子族，狼人負責狩獵，蚊子族負責偵察。牠的到來，應該是偵察到你的存在，雖然牠這刻已死，我們卻不能再等，若是暗魅十二武士之一的灰甲蚊武士來到，我們絕非對手，反正你已找到你的朋友，我們這兩天內就出發！」說罷他已回過氣來，背起偉特，並扶我回到他的屋去。

　　剛踏入房間，我就問：「甚麼是蚊子族？十二武士又是甚麼？」

　　「蚊子族當然也是外星族群，他們就像地球上的蚊子，只不過體型放大很多倍，而且也有手和腳。他們非常靈巧，行動安靜，常飛於高空或隱密於林中，難以被發現。牠們善於探察周遭的生命，常被派作偵察。只是牠們一肚餓，就要現身吸血，往往就是因受害者的呼叫聲才被發現。至於十二武士就是暗魅座前的十二位盔甲護衛：分別是四金、四銀、四灰盔甲武士，而蚊武士就是四位灰甲武士中的一位。現在沒時間多說，你還是早點睡，後天我們一早出發，在路上再細說。」

保羅先為偉特做了簡單檢查，再不知從哪裡拿了個血包來，為失血不少的偉特輸血。在輸血過後不久，偉特就悠悠醒來，我們大難不死，禁不住互相擁抱。

　　跟著偉特就娓娓道來他們一伙人的遭遇，原來當天偉特和咸美頓等人真的遭到狼人襲擊，只是狼人的目標本來是我，看到我不在那裡，也沒有把他們全都殺掉，偉特和咸美頓就被捉走了。

　　但偉特還是千方百計偷走，之後一路尋找我，哪知卻巧遇上蚊子族，差點還未找到我就先遇難。

　　我倆久別重逢，本還有很多話要說，但兩人都受傷失血甚多，甚為困倦。保羅見我們還要再談，就說：「你們先休息吧！以後還有很多時間說話。」說罷就關燈，關上門。隔著門保羅再說：「無論再聽到甚麼聲音，也請乖乖留在房間，否則下次未必會這麼幸運！」

　　我伸了伸舌頭，沒有回答，心中反而興幸因我的好奇才能救回偉特。

　　偉特本想拉住我再說，但我知他受傷不輕，雖然我也受傷，但畢竟體質異於常人，最需要休息的肯定還是偉特，就說：「還是明天再說吧！我實在太倦了！」

　　能找回偉特，我十分高興，也令我樂觀相信能尋回咸美頓。這夜我睡得甚甜，還夢到我和咸美頓、偉特兩人在酒吧中舉杯暢飲，言談甚歡，偉特還是喋喋不休的數說他家的種植技巧、農作物何等優良。我和咸美頓總愛在他說得興起時就舉杯

截住他的話頭。我也不知道在睡夢中，我有沒有說「飲勝」之類的夢話。

翌日剛天亮，保羅就來看我。

「你已退燒了！可憐我的納米血已全被你消滅了。我們明天出發，去一次太空旅行。」

說罷保羅就要去準備太空船，我本來也相當好奇，想跟著去看看太空船的模樣，也想追問究竟要到太空哪裡。但心裡記掛著偉特，所以還是沒有跟著保羅。反而立刻去看偉特，只見他還在昏睡，也就不打擾他。我也訝異才一天多，我已康復了六七成。

既然偉特仍在昏睡，我就找保羅看看太空船的樣子。

保羅的居所旁有一個很大，但看來非常簡陋的倉庫，想不到太空船就在裡面。這太空船竟然是球狀的，約三至四層房般高，但它不只是一個球體，在它外面還有三個環，就像土星的光環一樣，只不過這三個環，並不是平行的，而是橫直斜各一。這些環有甚麼作用，我不知道，而且這個球體竟然是浮在半空中的。

「你來了就好，幫幫我。」原來他正為太空船的核子反應堆添加燃料，只見那核子反應堆竟只有三個公事包疊起那麼大，我甚驚奇，實在難以想像有這麼小的核子反應堆，這反應堆被一個保護罩在外罩著。跟著他就指導我使用機械臂配以一個針筒型的注射器將液態的濃縮鈾注入反應堆的燃料儲存器。我感到很新奇，我還是第一次看到這麼先進的科技。

「你為甚麼會有這麼先進的科技？」

「是組織留下的，沒有這些科技，就不能幫助你。」

「你要我幫你做甚麼？」

「有件事只有你才能辦成，說來話長，你先處理這些燃料，我們在太空旅途中再詳細說，我還要準備旅途中的食物。」

我不禁想，到底甚麼事只有我才能辦成？但既然他暫時不說，我也不問，「那起碼告訴我，我們要去哪兒？」

「你會去一個極冷的地方！」

「有多冷？」

「零下二百多度！」聽著我不禁打顫。

說罷保羅就去準備別的物資，我就埋首灌注燃料，不久突然傳來偉特的聲音：「大家快來吃東西！」原來不經不覺已過了 2 小時。

偉特早已甦醒過來，他只是失血過多，卻沒有受別的大傷，在保羅為他輸血後，再休息了大半天後已好多了。他起來後，見我們都在忙，也沒有打擾我們，反而為我們煮了午餐。

於是我和保羅在清潔過後就一起去吃午餐。

當我看到餐桌上，偉特竟為我煎了熱香餅，眼淚不禁在我的眼眶翻滾，心裡很感激他為我所做的一切。

「我甚少煎熱香餅，也不知煎得好不好，特別是你的口味這麼怪！」

我稍微側過頭，並快速擦去眼淚：「總之你煎的，我通通都會吃掉！」

於是三人就吃了一頓愉快的午餐，席間我們談起往事，言談甚歡。

飯後，偉特拉我到一旁，說：「我有重要的話要立刻跟你說。」他眼望保羅，暗示想單獨跟我說話。

「放心，保羅是我的朋友，若沒有他，你和我都已死在巨蚊的嘴下。」

偉特眼望保羅，顯然還是有點猶疑，但還是跟我說，「我知道你的殺母仇人是誰！」

我如同遭到雷擊，立時雙手緊握偉特雙肩：「是誰？是誰？快說！」

偉特眉頭一皺，明顯因我用力過度被我握痛，但還是立時說，「殺你媽媽的是一隻狼人，我不知道是哪一隻，但狼人難以在地球隨意活動，所以他們需要有嚮導帶領，那嚮導的名字叫西門費特！」

我雙眼立時像噴火般，自言自語：「西門費特！西門費特！我一定會找你出來。」

「還有兩件事……呀……呀……」偉特突然抱頭呼痛。

「還有甚麼？快說！」我本應詢問他的身體狀況，但我卻沒有理會，因我急於想知道殺母仇人的事，這刻憤怒完全掩蓋了我的理智。

「黑暗不能被色彩掩蓋，但黑暗也不能吞噬光明！」偉特這刻更緊抱他的頭，可能因痛楚而胡言亂語。

「你在說甚麼？我不明白你說甚麼！」看到他的痛楚，我

稍微放鬆雙手，但仍輕搖著偉特雙肩。

「還有⋯⋯你現在的境況⋯⋯呀⋯⋯呀⋯⋯」偉特狀甚痛楚，但還是想繼續說。

我終於問：「你怎麼樣？是昨晚巨蚊所造成的傷令你很痛嗎？」

偉特勉力說下去：「你現在⋯⋯要⋯⋯小⋯⋯」就在這刻，偉特的頭顱竟然爆開！腦漿四濺！

霎時我極度驚慌、錯愕、傷心、難過，我抱著偉特的屍體呆立，眼裡不斷冒出眼淚，跟著狂嘯一呼，響徹天空，咆哮過後，我擁著屍體痛哭。

我終於知道殺母仇人是誰，但剛找回來的朋友不過一天，瞬間又在我的面前死去。究竟偉特是怎樣死的？是巨蚊造成的傷所引致的？是病毒？是某種危疾？我一概不知，只知道這個和我出生入死的好友慘死在我跟前。一刻間我更是痛心，偉特至死也在關心我的事，但我對他的痛楚竟視若無睹，究竟我還是不是人？

良久我從憤怒和自責的心情裡掙脫，稍稍冷靜下來，我問保羅：「你知道偉特的頭為甚麼會炸開嗎？是巨蚊的傷所引致的嗎？」

其實保羅看到這境況，也驚得當場呆著，只能緩緩的搖頭：「或許是，或許不是，我不知道！」

「難道以你先進的科技，也不能查出他的死因？」我的語氣充滿暴怒。

「對不起！我真的沒有頭緒！」保羅的表情仍是很驚嚇。

我明白不應將怒氣發洩在保羅身上，冷靜了一會後。保羅走過來輕拍我的肩膀，說：「既然你我都不知道答案，我們還是先好好埋葬你的朋友吧！將來必定會查找到你朋友的死因的。」

於是我們合力把偉特葬在屋後的一個花園，並為他立了一個簡陋的碑。我在心裡發誓將來一定會為偉特立一個更好的墓碑，也立誓會為他報仇。

「你太傷心、太疲倦了，還是再睡一睡，我們休息多一晚吧！此地實在不宜久留，我們明早就出發！」保羅說。

這晚我雖然極度疲倦，但想著偉特以前和我的點點滴滴，不禁又流下淚來。悲傷過後，怒火漸漸湧上心頭，我心裡湧起一股殺意，我要殺死費特，要殺死那殺害我媽媽、細威和成浩的狼人，要殺盡狼人、巨蚊，我甚至想殺死自己。我徘徊在悲傷、憤怒和自責之間，在床上輾轉至天亮才沉沉睡去。

剛天亮，我們就出發踏上太空旅途。

第十一章
寒武士

不到一日，我們已在太空中，現今的商用飛船已很普遍，但最大型、最快的飛船都為政府或大企業所擁有，我實在不知道保羅如何找著這麼先進的飛船。只見這太空船的三個環不斷在高速旋轉，原來這三個環就是飛船的推進器，而且環的方向及位置可以改動，令飛船朝不同方向前進。這是我第二次來到太空，因為自我病發後已不適宜進行長途又有風險的太空旅程，媽媽曾承諾，當我康復後，會一家去火星旅行。回想當時的情景，既開心，亦難過。

旅程中我起初悶悶不樂，但怒火很快就成了我的推動力，我必需更了解我的對手，我的仇人。我再次詢問保羅關於狼人的事，他說狼人本是大犬座中近天狼星的一個行星上的一個族群，他們雖然有狼的外貌，但卻似人般生活，保羅亦一直叫他們為狼人。不過他們的文化和生活遠較地球人簡單，他們靠狩獵生活，茹毛飲血，長相雖然像地球上的野獸，但其實更像原始人。他們雖然沒有科技文化，但身體卻擁有強大的力量。他們的首領狼武士就是宇宙七武士之一，即使是一般的狼人也有著金剛不壞之身，孔武有力。他們一族一直效力於宇宙幽

靈——暗魅，受他差遣。至於暗魅是誰？保羅說他是這個宇宙的統治者，亦是宇宙中最邪惡的力量。而我們這次旅程要找的卻是宇宙七武士的其中一位——熊族的寒武士。

在多日的傾談中，我亦當然問過保羅的來歷，他透露了他的身體除了擁有納米血，還經過基因改造，因此他的體質力量都超乎常人，而他的基因，是加入了燈塔水母的基因。燈塔水母是地球上一種極為奇異的生物，地球上所有生物都會經歷生、老、病、死，唯獨燈塔水母的生命週期會定時逆轉，令它返老還童，長生不死。這樣的基因改造令保羅的衰老也能定期逆轉，雖然還不致於永生，但卻可以將壽命延長至數百年。

除了加入燈塔水母的基因，他還被人工剔除了 MSTN 基因，這 MSTN 基因會抑制人體的肌肉生長，剔除了這基因後，保羅就可以更強壯，更有力量。除此之外，他亦被提升了 ACTN3 的基因，這就是有名的運動基因，在很多短跑運動員身上都發揮很大的功用，這大大提升了保羅的爆發力。此外，保羅的基因還加強了 OPSIN（加強感光視力）、LRP5（強化骨骼，反之這基因突變會令骨質疏鬆）、AS3MT（能對某些毒物免疫）等基因來提升他的力量。

而他除了是基因改造人，內裡還有機械的部分，重要的器官都有後備裝置，而他的大腦亦加有晶片以增加記憶及運算力。他的左手和右腳由於曾受過重傷，所以亦裝有機械裝置，令其手臂和大腿的力量都大幅提升。

至於他的私人背景，他每次都不願多說，我只是無意間看見他數次獨處的時候，從懷中取出一張照片細看，相片是他和一位女士的合照，而每次看到此照片時他都神情哀傷，但我一出現，他就會收起照片，所以我亦不作多問。

　　這趟旅程過了十多天，保羅除了讓我了解狼人的事之外，就是全程加緊訓練我。他說他沒有第七感，所以能訓練我的能力有限。因此只集中訓練我控制物件，就是如何隔空取物。其實他也不會隔空取物，但他說只要和物件產生連繫，就能控制它了。其實所有物件都會放射電磁波，包括人類，熱的東西會放射紅外線，所以可以用紅外線探熱器為病人隔空探熱。而更熱的東西會發射可見光，再熱些的物件會放紫外光，極熱的天體甚至會放射 X 射線及伽瑪射線。宇宙中充滿各式各樣的電磁波，這些電磁波都是能量，人類當然無法吸納和運用。但進化後的我卻可以，只要懂得連結不同事物，就可吸納這些能量並收為己用。

　　保羅說世上所有電磁波形態的能量我都能吸取，但我最能吸收的能量就是光，威廉就說過我的黃血對光有很大反應。而且除了電磁波，每種生物都有一種靈力，靈力雖然看不到，也測不到，卻是每種生物生命力的表徵。只要我和那生物連結，就能借取他的力量。

　　旅途中保羅不斷的訓練我隔空取物，由於他自己也不會，起初的確像盲人領路，全無竅門。但漸漸我開始感受到萬物靈力的存在，只是這種與萬物的連結並不穩固。起初我練習，只

因憤怒，一心想裝備自己然後報仇，亦是要敷衍保羅和打發時間。但漸漸當我能與它們連結，並逐漸懂得如何借取它們的力量，我開始有些著迷，不斷的重複練習。我由最初隔空取物只有約一成把握，漸漸增至三成，並逐漸提升至五成，儘管我提起的物體都是較細小的，但後來已有八九成把握能隔空取物。

一日，我們終於到了某星球的外圍，保羅說這星球叫TY571。TY571呈純淨的淺藍色，甚是漂亮，它不只有多個衛星，還有漂亮的光環，如若它不是藍色，我還以為是到了土星。不過它不只有一個光環，而是一共有三個光環，三個大小不同的同心圓，兩個垂直旋轉，而且是不同顏色的，較大的黃色，較小的淡藍色，另一個更小、白色的，卻是傾斜旋轉，保羅說它遠比地球大。這個星球一共有兩個太陽、八個月亮，但兩個太陽也離它相當遠，而且日出日落的時間不同，當一個太陽日落了，另一個還未日落時，星球的溫度已低至負一百六十度，當兩個太陽也日落後，溫度更低至負二百一十度。

「這就是零下二百度的星球嗎？」我問。

「是！它是氣體行星，成份以氫氣和氦氣為主，亦有部分甲烷、二氧化碳和氨。正正就是大氣中的甲烷吸收了宇宙中的紅光，所以它呈藍色。」

「氣體行星，那我們如何著陸？」

「這星球有水，不過全都結了冰。它大部分陸地都由冰組成，這些冰有些由水組成，有些則由氨組成，亦有些由甲烷組成，而且在冰層下的地心亦有金屬形態的氫。」

「金屬形態的氫氣？」

「對，在極高壓下，氫能以固態存在。據說在木星和土星的地心也有這種金屬氫。你看，整個星球都呈純藍色，除了那處有一大片白斑，而你要去的就是那片大白斑。」說著他指向那白斑，白斑配在藍色的星球上，看來就像一顆藍色糖果上的白色糖霜！

「那白斑其實是一個特大風暴，莫要小看這風暴，它的風速相比地球的最強風暴還要強數十倍至過百倍，而且千萬不要遇上它的鑽石雨。這星球大氣中的碳元素偶爾會因雷電從大氣中的甲烷分解出來，那些碳元素在大氣中受高壓後會變成鑽石落下來，化成鑽石雨。如果不幸遇上，你必須小心，被鑽石雨擊中很難活命的。而且這星球的地殼還會偶爾噴出冰川，如果遇上這兩種現象，你會極危險。」

「這麼危險，為甚麼我們還要去呢？」

「因為熊族的寒武士只會在極冷的地方出現，而且是你去，不是我們去！」

「我一個？」

「對！因為這樣的低溫和極端環境，即使有太空衣保護，我亦最多只能維持三至四小時的生命，即使加上我的納米血，亦不可能熬多過一天，而且在這極端嚴寒中，我體內的機械亦有可能失靈。所以我只可以送你到這裡，前面的路就要靠你自己。」

「這樣的環境，連你也難以活命，我如何可以活命？」

「剛剛相反！我不能，你卻可以，你的黃血會幫你適應並生存下來。我知道你想退縮，但如若你真的想報仇，就必須找到寒武士，讓他訓練你，之後才能真正操控你的力量，成為真正的光武士。」

「其實我只要有一支激光槍瞄準狼人的心臟就可以了，根本不需要訓練。」

「你要報仇的那隻狼人，並不是普通的狼人，你還未走近他，已被他殺死。你媽媽的仇固然報不了，你朋友的仇也報不了。如果你不接受訓練，以後你也不用提報仇了！」

我皺一皺眉說：「我去！」

跟著我穿上太空衣，進入登陸船，然後出發登陸。

登陸船是自動導航的，如遇上問題，也可以改為手動，甚至由保羅在太空船遙遠控制，但只是進入星球的大氣層約數分鐘，我就發覺那裡的風暴實在太強，登陸船根本不可能成功登陸。

我急忙向保羅求救，通訊器傳來保羅的回覆，他說：「這艘太空船不可能在這種天氣登陸，太空船不能幫助你，但你卻可以幫助太空船——用你的靈力幫助太空船。你已懂得隔空取物，雖然你還未能百分百操控自如，但你已經做得不錯。你在登陸時，就正正要你隔空取物，只不過這次要取的物件有點大！但隔空取物，不在乎物件大小，只在乎靈力強弱，你一定辦得到的。」我再次感覺被騙，這就是他在這十多天不停催促和訓練我的原因吧！

原來即使科技已十分進步，但在這種狂野天氣中還是不足以發揮作用，所以他要我用靈力控制登陸船著陸，只不過連小的物件，我也尚未操控自如，何況登陸船這麼大的物體。我感覺保羅就像叫我剛學懂行，就要奔跑一樣。但我已不能回頭，因為若要報仇，就必須靠這星球上的寒武士。我唯有硬著頭皮嘗試登陸。

登陸船一進入大氣層不久，就因著超級風暴的氣流不斷劇烈搖晃，這刻我想起保羅的話，「要放鬆心情，同時要維持專注，試圖與宇宙連結，借取宇宙的力量，那麼就是大如山的物件也能挪移。」

我努力集中精神，試圖把登陸船挪移到地面，但登陸船還是劇烈搖晃，我感覺它快要傾側似的。我用盡全力想要把登陸船穩定下來，但一點也不成功。

登陸船真的快要在狂風中翻側嗎？我會否和登陸船一起硬著陸？還是登陸船會永遠隨風飄轉，永不著地？我開始有點筋疲力盡，看來我很大可能會登陸失敗，甚至命喪這星球。突然「呼」的一聲，登陸船撞到硬物。是在大氣層中撞到碎冰嗎？我從小窗向外望，驚嚇地發現登陸船竟然已經著陸了。

我感到疲倦，但看到自己真的能成功登陸，既意外，亦高興。我想我應該在這個星球風暴區的外圍登陸，即藍色糖果的白色糖霜的外圍，這裡的風勢雖比風暴區弱得多，但仍然強勁。我穿起太空衣，踏出登陸船，希望能望清這星球，可惜事

與願違，狂風刮起四處的冰粒，我的視野根本連十呎也沒有，更莫說要去找寒武士。

這時我又想起保羅的話，「你不可倚靠你的視覺，合上你的眼睛，用你的心去看前路，你就能看見並找到寒武士。」

於是我合上眼，嘗試用心連結，然後踏出第一步。雖然走得很慢，但還是一步步的向前行，雖然我也不知要到何方，但我漸漸相信我的靈力會引領我。

這時我只覺得極其寒冷，雖然還未日落，但已接近零下二百多度，保羅說過這先進的太空衣也最多能支持數小時。

很冷！很冷！但前行還不夠十分鐘，不知怎的竟然沒有這麼冷了，我竟感覺我的重量和身形都有了變化，我感覺自己的身體好像變胖了，感覺瞬間脂肪也多了。我驚訝自己發生甚麼事的時候，突然感到有點癢，再細心感覺一下，原來在瞬間我的體毛竟然生長了很多，我此刻就像猿人一樣渾身體毛。

保羅的聲音再次響起，而且這次還帶著詭秘的笑容，「你的身體或會有些許變化，不要恐懼，黃血的力量會幫助你進化以適應環境。」他還堅持我穿一件較鬆身的太空衣。

這刻我寒意稍退，只是我根本不知道如何能找到熊族的寒武士。保羅說只要和宇宙萬物連繫，就能感覺到寒武士的所在地。於是我停下了腳步，用心感受身邊的事物。果然我漸漸感覺到在大風雪背後的景物，我雖然看不到，但面前的地形——高山低谷，前面的山勢地形卻於心內漸漸清晰。

我仍不知道寒武士在哪裡，但內心既然已看清地貌，我的恐懼漸去，緩緩的前進。

　　但此時我突然聽到天上沙沙作聲，竟落下雨來。只是雨聲瞬間變成撞擊聲，原來天上忽然落下鑽石雨。我立時雙手掩頭，想找個地方躲避。我感覺前方好像有個洞穴，於是邁步向前。雖然這星球上的引力和地球上相若，只是穿著太空衣在大風雪中根本不能快速移動。

　　就在此時，「砰」的一聲，太空衣的頭盔給鑽石雨打穿了，氧氣迅速流走。我大驚，沒有太空衣保護，沒有氧氣呼吸，我還能生存嗎？

　　我一時立不定主意，究竟是要跑向山洞，還是退回登陸船。但雙腳還是不自覺地向前奔，因我已感覺鑽石雨點打在身上的痛楚，亦感覺到面頰有液體流下，我想我已受了傷。

　　沒有氧氣，我不知道還能熬多久，而剛剛只是給細小的鑽石雨擊中，心想只要有一塊大的鑽石雨擊中我，我就難以活命。

　　突然沙沙聲漸大，我感覺到的痛楚也加劇，莫非我就要死了！

第十二章
訓練

　　咸美頓終於甦醒過來，發覺自己躺在一張床上，剛想坐
起，就發覺自己竟然被綁著。他大叫，想召喚人來幫忙，但叫
了很久也沒有人回應。咸美頓橫目四顧，自己應在一間先進的
實驗室中，四周都有不同的儀器，卻不知道這些儀器有甚麼作
用。這實驗室也像一間手術室，樓層的天花相當高，一邊牆壁
的頂部更有一間玻璃房，就像一些大型手術室的觀眾席一樣。
突然間，天花的吊燈亮起，強光把咸美頓照得睜不開眼。

　　「有人在嗎？可以放開我嗎？」

　　喊了很久，但沒有人回應他的請求，跟著他隱約見到有人
在那玻璃房走了進來，只是在強光下，沒能看到那是甚麼人。

　　咸美頓隨即再次大喊：「有人可以幫我嗎？」只是無論他
如何呼喊，那些人也沒半點回應。

　　跟著咸美頓突然聽到電鑽聲，他勉強睜開眼睛，竟然看到
天花吊著一支小電鑽向著他的頭緩緩落下，那電鑽比一般牙醫
用的略大，但它不是單單的一支鑽，而是一共有約十數支小電
鑽從不同的位置、從不同角度一同落下，而且除了電鑽，還有
數個機械夾，就像小龍蝦的螯足一樣在開開合合，煞是嚇人，

咸美頓急忙大叫：「快停！快停！有沒有人可以幫我？你們要殺人嗎？」

　　但仍沒有回應，電鑽緩緩落下，快要觸及他的額和眼，只要電鑽再下數公分咸美頓就會立刻變盲，不單止會盲，要是這樣下去，他毫無疑問會喪命。咸美頓只能勉力把頭轉側，傾盡全力避開電鑽，但他牢牢被綁在床上，連頭也難以移動，無論他如何竭力迴避，也不可能避開電鑽。但就在電鑽離他的眼睛約兩公分之際，突然停下，但只是停下片刻，它就跟著再次移動。不過這次不再向下降，而是水平的移動，向咸美頓的頭頂移動，只留下兩個機械夾在頭部。跟著在床的兩側伸出鐵箍把咸美頓的頭部牢牢固定，令他的頭不能再移動，然後機械夾就從他的鼻孔伸進去，此刻咸美頓已經無法呼喊。但還不止於此，不一會一把電刀就從上方下降移到他的胸腹，這次電刀沒有再次停下來，而是繼續往下降。不久那電刀已觸及皮膚，血液四處飛濺，電刀隨著咸美頓的慘叫聲不斷向下割，跟著電鑽亦從他的頭頂開始鑽下⋯⋯

• • • • • •

　　鑽石雨越下越大，就在我命危一刻，突然有一條冰柱從不遠處噴出，冰柱在我頭頂又化成一層薄膜，再向四方散去，就像一個圓頂把我蓋著。冰柱不斷噴出，圓頂亦漸加厚。我

不斷聽到撞擊的聲音，起初大塊的鑽石雨還能穿過薄膜，但薄膜逐漸加厚，最後鑽石雨無論大小都已不能穿過圓頂。此時我望向前方，看到一隻北極熊，站在我正前方。只是牠如人般雙腳站立，手裡像有魔法般不斷噴出冰柱。莫非他就是熊族的寒武士？

只聽到他說：「來，你已受了傷，跟我來！」

沒想到他竟然會說地球的語言，說罷他帶我去到山洞，就是我之前用靈力看到的山洞。也就是說，靈力真的帶我找到寒武士。

進了山洞內，熊人再噴出冰柱把洞口封住。洞內就像一個普通的斗室，只是非常簡陋，內裡的枱椅都是冰做的，室內有冰燈，燈光帶點綠色，看來像是磷光，被封在冰燈內微弱發光。

跟著他說：「讓我為你做點氧氣，你的無氧呼吸也熬不了多久！」

的確我缺了氧氣已數分鐘，但我的身體還能表現正常，原來這麼短時間，我的身體就已經進化至能夠作無氧呼吸。

「怎樣可以做氧氣？」

「我能令氣溫或物件變冷，就能產生溫差，溫差就可以產生電力，電力就可分解水，製造氧氣，在你的太空衣背部的工具箱會有需要用到的零件，另外我還要花點力氣把同時產生出來的氫氣隔開處理。」

我脫下了頭盔及太空衣，太空衣對變肥的我已太緊身。

寒武士望著我肥腫又多毛的身軀，微微一笑，「你的進化能力還真不錯，只一陣子就已適應環境。我們熊族人雖然也多毛，以及有不少脂肪，但就不能如你般進化，即使我力量遠比你強大，這方面還是不如你。」

　　你可知道看到北極熊微笑有多詭異，而這正是我這刻的境況。

　　漸漸我已能正常呼吸。而且在這密封冰室內，遠比外邊暖和得多。我知道寒武士亦應該為我調節了溫度。

　　「室內有冰，打碎成小塊放在口中就是水，室內的冰你可放心吃，但室外的冰就要小心點，因為當中很多是甲烷、氨，或氮，未必就是水，所以吃室外的冰時要小心，可以先舔一小口，確定是水才吃。食物方面我有點乾糧，只是怕你吃不慣。你受了傷，身體需要點時間復原，今天早點休息，明天開始訓練。」

　　「恐怕要半個月才能痊癒。」我看著流黃血的傷口道。

　　「不，你的進化能力很強，也就代表你復原能力也很強。以我看，你的進化能力，你的黃血已經很成熟，這樣的傷一天就足夠了，你還未了解你自己的能力。睡吧！」他指向冰床，並向我拋來一塊特大狼皮，當然不是我們地球上常見的狼，而是狼人皮。

　　說後我躺在冰床上，用皮包裹全身，覺得今天的事實在太神奇，想著，慢慢沉沉睡去。

　　不知過了多久，我被寒武士大力拍醒。

「你知不知道你已經睡了三天，你的進化能力真叫人拍案叫絕。」

原來因為天氣太寒冷，我竟如一些動物般進入了冬眠狀態。如果寒武士不把我拍醒，我可能會一直睡到回暖，亦即是永遠不會醒過來。

「吃點東西就開始訓練吧！」說著把一件東西拋向我。

我接著，細看應是一塊肉，咬著有少許像牛肉，但又有點怪，我問：「是甚麼肉？」

「你這幾晚蓋的是甚麼皮，這就是甚麼肉。放心！我已處理過，絕對不含他們血中和唾液內的細菌。」

竟然是狼人肉，我有點噁心，雖然肚餓，但不敢再吃。

寒武士看著我冷笑。

我對他的冷笑也不介懷，「謝謝你救我！可以告訴我你叫甚麼名字嗎？保羅說你會幫我。但你為甚麼要幫我復仇？」

「我叫摩比。為甚麼我要幫你？因為你的仇人也是我的仇人，狼族差點就把我們熊族滅絕，這理由夠充分了吧！」

的確充分，我忽然起了同仇敵愾的心。漸漸已沒之前般肚餓了。

在摩比吃過後，他說：「你的進化能力相當出眾，但這都只能幫助你適應極端環境生存下來，要對付狼人根本不管用。你的能力來自你的黃血，你登陸時，我看你還未能充分發揮你的能力。你的第六感已發展得不錯，所以你已能與宇宙萬物連結，但你要更進一步，發展你的第七感，若你的第七感能充分

發展，你對萬物的感應會大幅增強，你就能駕馭宇宙萬物的能量，並任意取用，那時你就能找狼人報仇了！」

「那我要怎麼訓練？」雖然我還未懂甚麼是第七感。

「你要作兩階段的訓練，首先你要學會使用激光劍，我會開始教你劍術，然後你要提升你的第七感。」

劍術！聽到後我十分高興，因小時我曾修習劍術，有一定的根底，亦十分喜歡耍劍。

說罷摩比拿了一個非常閃耀的水晶球出來給我看。

「這水晶球是甚麼？」我摸不著頭腦。

「這不是水晶球，是一顆大鑽石，在外邊不是有很多鑽石嗎？我只是選了一顆最大的，把它稍稍打磨了吧！只不過我不是以你們地球慣常的方式打磨，而是把它打磨成球體。光武士原來的激光劍早已不知所終，我唯有幫你新造一把。」

「怪不得這水晶球那麼閃耀！」這麼大的一顆鑽石，若在地球一定會引起多人爭奪。

跟著他再拿出一支像短棍的物體，他把鑽石連接到短管的一邊，不知怎樣兩樣就接合起來。突然間短管的另一邊，放出紫色的激光來（紫色是寒武士的顏色），短管旁亦有四片如鈎形的護手柄彈了出來，原來這是一把激光劍，摩比極快速的揮了一劍，跟著我頭頂的冰塊就如雪般的飄下。

我大嚇一跳，完全不懂反應。

「這顆鑽石不是魔法石，沒有任何的法力，雖然在地球或許價值不菲，但它的作用其實就如一塊放大鏡，把你的體內的

能力聚焦放大。我想你也應該有聽過以放大鏡把太陽光聚焦生火的玩意，其實這激光劍原理也相仿，只不過它聚焦的不是太陽光，而是你的靈力。這短管其實內裡有不少鏡片，但也不是甚麼複雜機器，就如同你們地球上簡單的鐳射管，它只是把聚焦了的能量釋出。」

其實一般簡單的鐳射裝置都有三部分，第一部分叫「激發來源」，它的作用是供應能量來激發電子，令光子發射出來；第二部分叫「增益介質」，是用作吸收發射出來的能量，當中的物質吸收了能量後，就會被激發發出單一波長（即單一顏色）的光線；第三部分叫「共振腔」，是用不同鏡子不斷反覆反射被激發出來的光線，以達至平行及最強的光度，然後再射出裝置。「我給你這把激光劍，你就是一切能量的來源，而大塊的鑽石就是用來聚焦你的能量，以發射激光，短管就是共振腔，所以內藏不少特製的鏡片，用來反覆加強激光。但這激光劍如果沒有你的能量激發，根本不會放出激光，甚至連學校老師在課堂上用作教學的激光筆也不如。」

說後他把劍交給我，讓我試試，叫我用靈力釋放出激光。

哪知劍到了我手，我完全不能釋出激光來。我連續試了多次，都未能成功。

摩比看著滿頭大汗的我，說：「你慢慢練吧！我看這激光劍你兩三星期就會掌握。你也不用著急，反正你也要在此久留。」

但我心急於報仇，更不想在這鬼地方久留。所以他最後的

一句話就成了我的推動力，從那刻我就勤加練習，我知道我要運用靈力，而不是蠻力。

我再開始與萬物連結。果然我慢慢感受到宇宙萬物靈力的存在，我與萬物連結後，漸漸感到好像有一條管子把我和萬物接上，萬物的靈力就能透過這管子流向我處，我漸漸的感到力量大增，但摩比說過這只是暫時借取，一刻使用過後，靈力就會回歸原來出處。萬物中的靈力，我最能感應不同生命體的靈力，而這星球中令我有最強感應的靈力，當然就是摩比。

在試過從萬物借取能量後，我忽起童心，不如就從摩比那裡借取能量吧！我想反正他這麼強大，借一點也不會被發覺吧！很快我感應到他的靈力，然後開始提取。一刻間我感到力量充沛，但突然間，我竟感到我的力量如缺堤般離開，並源源的湧向摩比。我大嚇一驚，卻沒法斷絕連接，我竟然一點辦法也沒有，如果靈力以這般速度流失，我想一刻間我就會虛脫。

突然摩比對我說話，並不是面對面的開口說話，而是透過靈力對我說話。「你與某種生物連結，想借取他的靈力，如果對方也懂得使用靈力，又抗拒與你連結，你就會難以連結。即使對方讓你連結，就如我這次一樣，你也千萬要小心。你莫要借取他的靈力，如你想借取對方的靈力，但力量又比對方少，這反而有機會被對方提取你的力量。你是光武士的後人，你最能借取的靈力就是光！」說罷，靈力的外洩就止住了，必定是摩比切斷了連結，我倦得如同虛脫。

稍事休息過後，我不敢太接近摩比，怕之前力量外洩的事

再發生。我想若要借取光的力量，我就要到戶外，室內這點綠光根本沒用。我戰戰兢兢地拿著太空衣走近摩比，說：「可不可以幫我修補頭盔破裂的地方？」

摩比就用冰封住了頭盔破口，並打開了冰洞出口。我再次穿起太空衣，然後向洞外走。雖然頭盔被冰封住，我根本目不能視，但我運用靈力，就能看清地形，並慢慢的前行。但即使到了室外，陽光仍是黯淡。所以我決定回到登陸船，登陸船的照射燈會對我有幫助。

不久，我回到登陸船，開了照射燈，然後走到燈下，果然感到力量霎時大增。隨著力量漸漸增大，我終於能令激光劍釋出激光，漸漸我不單止能釋放出激光，還能控制光劍的長短粗幼，跟著我就運用我熟練的劍術揮耍激光劍。剛開始學劍時，我只是想盡快離開這星球，但我漸漸開始對這激光劍著迷。

如此這般不停練習，也不知練了多久。

「恭喜你，這麼快已經能掌握激光劍。原本我以為你要練兩三個星期，想不到你只花了三天，是我小看了你！」

原來不經不覺已練了三天，我竟然三天不睡不喝，我真的大嚇一驚。

「回來冰洞吧！明天我們要做第二階段的訓練。」

在回去冰洞途前，我再次進入登陸船，把射燈關掉，還想在那裡取點乾糧，哪知當我進入登陸船時，在艙內的鏡子一眼看到自己的反照，大嚇一跳。鏡中的我，長毛已減退，渾身脂肪亦稍減，但竟然全身都是綠色。這一下真的有點不知所措，

我伸手去抹鏡子，但依舊看到綠色的我。

由於我呆在登陸艙中，久久未出，摩比來到艙中，看到呆住的我，微微一笑，跟著說：「你還不明白？」

「明白甚麼？」

「你這幾天沒吃半點東西，但你試過肚餓嗎？又有多久沒有呼吸氧氣？」

他一說，我就想，這數天我也沒吃東西，但一點都不肚餓，而這段時間當然亦無法吸到氧氣。但我仍然一臉茫然，究竟發生了甚麼事呢？

「我真佩服你的進化能力。你身體的綠色來自葉綠素，在這惡劣的環境中自製食物。在大氣中，有一定的二氧化碳，地表亦有冰，只要加上陽光和葉綠素，你就能自製食物。而且光合作用所造出來的氧氣，就在體內循環，光合作用和呼吸作用交替，光合作用造出的氧氣給呼吸作用所用，呼吸作用造出的二氧化碳給光合作用所用。總之我對你的進化能力真心佩服。」

我仍然迷茫，我已是黃血人，不想再成為綠皮人。雖然迷茫，但我對現況亦無可奈何。

於是我跟他回到了冰洞，他重新封了洞口，冰洞變為冰屋。

「現在你可以開始第二階段的訓練，你要與這星球對戰！」

「甚麼？與星球作戰？」我睜大了眼睛。

「我是一個戰士，不是一位老師，要訓練你，最直接的方法就是把你放在實境中接受挑戰。所以你要挑戰這星球的三大天險，其中兩樣你已面對過。這是一個極寒冷的星球，靠著太空衣、脂肪、長毛、冰屋，你能暫且抵禦這極寒。但當你的第七感發展成熟，你沒有半點脂肪和長毛亦無礙。」跟著他再教了我一些如何與萬物連結的方法。

「最後還是要靠你自己。」剛說完他就突然拿出他的武器，就是一把激光斧頭，這是熊族寒武士的慣用武器，形狀就如一把斧頭，只是利斧邊緣都是激光，這斧的威力當然遠超普通斧頭。他快速揮動斧頭，瞬間我身上的長毛已盡脫，他拋過一件皮毛給我蓋上。

跟著他一斧打破冰封的門，再對我說：「你要在風暴區住上三天，那裡的風暴比這裡強勁百倍，你的無氧呼吸可維持三天以上，三天後如果不死，我們就可以再做別的訓練。」說完就一掌推我出去，我如炮彈般飛出，然後就被狂風捲到不知哪裡。

我在狂風中不斷轉動，我知道可以轉足三天也回不到地下，於是再次運用我的靈力。既然我連登陸船也能控制，要把自己停在地上，應該沒問題。

風暴實在太大，但經過一番努力，我還是回到了地面。我也用盡我的靈力才能把自己釘在地上，不被強勁的風暴吹走。

我感覺極度寒冷，此刻我只穿一件皮毛，其實我一早已凍至完全沒感覺，我感覺我的長毛又再生長出來。但我想起摩比

的說話，我要靠靈力，要靠我的第七感，而非脂肪和長毛。

　　於是我運用我的靈力與寒冷對抗，我感覺到我的血液在體內急速運行，我不知道此刻的心跳多少，但恐怕每分鐘不會少於百多二百下，這當然不是常人的心跳，我也不知道我的身體能否承受得來。但我感覺我的抗寒能力大增，身上長毛的生長速度也慢下來。此時我突然想起摩比築起圓冰頂幫我抵擋鑽石雨的情境，我想若能築起一個相近的防護罩，或許就能抵擋這嚴寒。於是我運用靈力控制地上的雪堆，想升起它們形成一個保護罩。但要築起一個冰宮實在不易，反而慢慢築起了一個無形的保護罩，雖然不足以隔絕寒氣，但某程度能阻擋風雪。

　　這星球的一日有別於地球，我不知道有多長，只感覺它比地球更長，而它的夜又比日更長。

　　在日間，我全神貫注和寒冷對抗，開始時只能勉強應付，到後來已感覺好得多。可是一到晚上，溫度驟降，我漸漸感到體力不支，我開始懷疑自己是否能夠應付，又是否會凍死在此處。

　　寒風極冷，已接近零下二百度的溫度，冷得超乎想像，我的血液快要結冰了。這刻一個太陽已下山，而另一個太陽很快也要下山，那時候肯定會更冷。果然這個太陽一沉下地平線，就刮起超級風暴。這風暴時速達每小時二千多公里，遠比地球上的暴風強勁。我運用靈力全力築起防護罩抵抗強風和低溫。但此時我突然想起我的母親。年少時，每當天氣轉冷，母親總叮囑生病的我不要著涼，這些片段在我腦中閃過。於是我稍一

疏神，防護罩就出現缺口，冰粒從防護罩外急速飛進來擊中我的左臂，我登時流出黃血，痛楚令我再度專注，防護罩重新收緊，但我真的能抵擋這暴風嗎？我會否就此死在這裡？

我不能就此死掉，我還要報仇！我望著流出來的黃色血液，鼓起勇氣，奮起了所有靈力去抵擋風暴。但風勢實在太大，我又能支持多久呢？突然我靈光一閃，如能躲在地下或能避過這超級風暴。於是我用激光劍在地上劃了一圈，再連環劈數劍，地下立刻出現了一個洞，但我向洞口一望，那個竟然是個無底深洞，怎麼能跳進去？但風勢越來越大，與其在外凍死，我情願一搏。我跳進洞去，跟著我就這樣一直向下跌、往下跌、無休止的下跌。

我實在沒有想過，我之前所站的地方竟然只是薄薄的地殼，在其之下竟然是一個這麼深的洞，就像地球最深的洞穴——位於阿布哈茲境內深達 2212 米的維洛夫金娜洞穴（Veryovkina Cave）。據說那個洞若是攀爬到底的話，也要數天之久。不知道與這洞相比，又是誰較深，亦不知道這樣墮下，我會不會由本來的凍死變成跌死。

不久就有了答案，我終於撞到地面，但撞到的竟不是平地，而是一個斜坡，黑暗中我也不能看清楚地形境況。由於撞到斜坡，撞擊力遠不如直撞平地，我感到痛楚，但卻沒有要了我的命。在撞到斜坡後，我的跌勢減慢，但還沒有停下來。再一會我又撞到另一斜坡，如此重複撞了幾次，終於著地。著地前我用靈力護體才不致摔死，但仍然感到身體多處疼痛。

我稍一定神，在極微弱的星光下難以細看這冰洞，遂亮起激光劍以便察看四周環境，看後不禁大呼幸運。原來這個冰洞就如墨西哥的奈卡冰晶洞，洞內滿是縱橫交錯的巨型冰晶巨柱，只是這些巨冰柱不是直豎在地，而縱橫交錯的左右穿插。我跌下來撞上的正是打斜的冰晶柱，我心中慶幸下跌時沒有撞上一些直立的冰柱尖頂，否則以我現時的靈力，恐怕就是不死也會受重傷。這冰洞就如奈卡冰洞的模樣，只是更宏偉，我看後不禁驚歎大自然的鬼斧神工。不過除了冰柱更大，這冰洞有兩件事是與奈卡冰洞不同的，第一，這冰洞的冰柱是天然的巨型冰晶，而奈卡冰洞的巨柱其實是石膏結晶柱。再者奈卡洞穴其實內裡極熱，溫度可超過五十度，但這裡雖然已比地面暖得多，但還是極寒冷。

除了這宏偉的交錯冰柱，地面上還有令人驚訝的景象。在這極冷的環境中，不知道為甚麼還有如枯木的生物存在，其實我也不知這是否枯木。而且在這些枯木中長出長長的、一絲絲的髮絲冰，這些髮絲冰細長如髮絲，一梳梳煞是美麗好看。我走到一梳彎曲的髮絲冰下，感覺那裡可以稍擋風寒。我就在那裡卷縮成一團，看著這既宏偉又美麗的景象，暫時忘了身處的險境。但寒意越增，我亦睡意漸生。

我雙眼漸漸合上，究竟我是否會死在這裡？不知怎的，在這緊急的時刻，母親的影像再次浮現在我腦海中。

我發了一個長夢，跟著又夢到一天早上，母親努力的喚醒我，好讓我上學不會遲到。

「快醒來！快醒來！」母親的聲音在我耳邊響起。

我終於從混沌的意識中驚醒過來，雖然身處地洞之中，已不受風暴的直接影響，但仍然感到極度寒冷，在我漸漸感到不支時，突然想起摩比的話，要發展第七感，正是要與萬物接連，並要借取它們的力量，而我剛剛只是運用自己的力量與極寒對抗。是否有別的方法，可以對抗這極寒呢？

於是我閉起雙眼，嘗試感應周遭萬物。當我閉上眼，靜下來時，我慢慢感應到周遭的事物，我重新感覺到摩比的冰洞在遠處，感應到四周的地形，山谷及山峰，也感應到地下有洞。漸漸我好像與萬物連結，漸漸開始感覺周圍都有種力量存在。再慢慢地，我開始與周邊融合，就這樣漸漸寒意就稍退，或許我已漸漸忘了自己的存在，又或許我已全然融入到宇宙之中……

也不知過了多久，摩比又再次把我拍醒，但這次我的意識是清醒的，絕非在冬眠。只是我與冰雪好像已融為一體，所以氣溫雖然仍極冷，但我卻能安然渡過。原來不知不覺已經過了三天，這刻我連身上的長毛和脂肪都減退了，原來靠著第七感，我真的可以不用脂肪和長毛來禦寒。

「恭喜你，你可以進行下一個訓練了！」

當我聽到下一個訓練時，我的確有點害怕。因為我要克服的正是鑽石雨。

這些鑽石雨由大氣中的甲烷，被這星球上超強的雷電分解燒成碳粒，再在下墜時不斷被大氣加壓而成為鑽石。

這些鑽石雨由於是直墮時形成的，所以很多都是直條型，並且呈尖狀，再加上在空中不斷加速，如果給打中，隨時會沒命，上次我能拾回性命，全靠太空衣的保護，並在最緊急的時候由摩比所救。

　　我被摩比帶到一片大雨雲底下，那裡雷電交加，我知道鑽石雨隨時會落下來。

　　摩比向我說：「願你的第七感保護你，風雨後我會來接你。」之後他就走了。

　　摩比走後不到五分鐘，雷電就大作，雨就落下來，有甲烷雨、碳酸雨，當然還有鑽石雨！

　　我想起摩比救我的方法，我不懂控制冰雪，但已略懂控制氣流，我再次用靈力為自己築起一個防護罩，希望能阻擋鑽石雨，我剛用靈力就感覺到氣流在我上方流動，真的如我所想，氣流形成了一個防護罩，阻擋著鑽石雨。可惜氣流實在難以控制，而且亦不夠堅硬，防護罩漸漸阻擋不住暴風雨。我正猶豫如何是好，防護罩就立刻出現漏洞，一支鑽石雨直插我的肩膀。

　　痛楚令我醒覺，我立時想到為何我要與空氣連結，而不直接與鑽石雨連結呢？我奮起我的靈力，嘗試連結鑽石雨，然後把我頭頂上的鑽石雨稍稍偏轉到兩側。果然鑽石雨剛到我的頭頂時就打斜的飛到兩邊去，久而久之，落下的鑽石雨就堆起如同一個倒轉的甜筒，而我就像站在它的中央一樣，這個鑽石雨的甜筒也越來越大。起初雨聲在我耳邊隆隆作響，但隨著甜筒

變大，我感覺我的力量也越來越大，漸漸氣流也加入吹開身旁墮下的鑽石。我還看到插在肩膀的鑽石條，慢慢被靈力拔出，飄在空中。如此這般過了不知多久，雨勢漸止。

再過一刻，眼看雲層已被風暴吹走了，風暴亦移動，離開了我的視線範圍，我終於鬆了一口氣。

冷眼一看，身旁的鑽石堆成一個半圓形的小山坡團團圍繞著我，我想很多人一生都沒見過這麼多鑽石，我猜想即使會喪命，地球上仍然有很多人願意來此採鑽石。

這時我看到摩比在旁邊點頭，「很好！你可以做下一個訓練了！」但摩比還是讓我先休息一天，好讓我肩膀的傷痊癒。

翌日，我再被摩比帶到某盤谷，他說：「因衛星的引力影響，這行星會定期噴出間歇泉，當中主要是氫、甲烷和水的冰粒，但這噴泉不同於地球上的間歇泉，地球上最強的間歇泉也只會噴出數十呎，但這個間歇泉卻可以噴出離地達數十至數百公里，其力量是地球上任何一條洪流都比不上的，如果你能抵擋這洪流，你的第七感就會更上一層樓。而 15 分鐘後就是噴泉的時間，你在此好好磨練你的靈力吧！」說完便走了。

這星球一共有八個衛星，其中有兩個頗為龐大。這兩個衛星在每天同一時間，都會運行到軌道上同一位置產生交疊，正正就是這間歇泉的正上空。由於這兩個衛星相加起的龐大引力會引起地殼擠壓，從而激烈爆發，噴出地殼下的物質，就如地球的間歇泉一樣，只不過這比地球上的要強勁上萬倍。

我心情忐忑，這大自然的極致現象，我真的能抵擋住嗎？

當我還在不安時，地殼就劇烈震動，跟著隆隆聲震耳欲聾，不到一分鐘，噴泉就洶湧而至，我急忙運用靈力，為自己做一個保護罩，以抵擋噴出之物。

我的保護罩的確發揮了一定的作用，但此刻就像一個小氣泡般給強勁氣流噴到千里之外，我急忙再用靈力把我從高空下降回到盤谷，但我著實難以抵擋大自然的威力，只要是稍稍接近，保護罩就會重新給彈開，最後我只能落在盤谷外圍。

30 分鐘後，摩比來到，說：「總算沒死！但仍不能抵擋洪流，今天的鍛煉結束，要再練就要等到明天，我估計再練數星期，鍛煉到就是遇上噴流，你也可以安然待在原地，那時你的力量就會大增。」

「數星期！」這實在太久了。之前進入登陸船時，我就想起保羅，跟著也想到咸美頓，不知他們是否安好。

「多謝你的教導，但我想我還是需要回地球了。我已略懂如何操作這激光劍，其威力應該已足夠報仇，這提升靈力的練習或許將來有機會再練吧！」

摩比的神情突然凝重，「你還不知道自己要面對甚麼？看來保羅還沒跟你說，或許他根本就沒打算跟你說。」

我有點不祥預兆，「你究竟想說甚麼？」

「你以為我教你學劍、提升靈力是因為要幫你報仇？你要面對的不是你的私人恩怨，而是種族滅絕、地球人類的存亡！你要面對的不是一個狼人，而是成千上萬的狼人！」

第十三章
宇宙七武士

　　遠古時期，宇宙有很多不同的種族，他們會互相攻擊，掠奪對方的資源，甚至把對方滅絕。但在眾多種族中，其中七個種族在宇宙中最為強盛，他們分別是龍族、蝠族、狼族、鷹族、熊族、蛇族和人類。這七族的首領都超凡出眾，一般生物只擁有五感，但他們卻擁有超乎所有生物的第七感，他們能提取宇宙中的力量，因此擁有著超乎常人的能力。

　　七個種族在這七位武士的帶領下，成為了宇宙最強的種族，亦由於彼此的勢力相若，宇宙暫時得到了平衡及和平。這七位首領亦被稱為宇宙七武士。

　　這七位武士能從宇宙中的七種元素：水、火、土、風、雪、電、光中取得能量。龍族的水武士從海洋獲取力量、蝠族的火武士擁有火的力量、狼族的土武士能借取土地的力量，而熊族的寒武士、鷹族的風武士、蛇族的電武士就分別能借取寒冰的力量、風的力量和雷電的力量。至於人類的光武士就能借取光的能量。

　　七武士中，火武士、水武士、土武士和光武士的力量較強，其他三位就略遜一籌，但他們大致勢均力敵，所以七位武

士和七個種族令宇宙得到某程度的平衡。七族及其他各族之間的和平亦因此維持了很多年。但後來狼族慢慢壯大，到處侵略宇宙各個星球，又與蝠族和蛇族聯盟，勢力大增。眼看三族即將統治宇宙，光武士及時進化，打敗了各族的武士，令宇宙重新得到和平。

這和平又維持了一段長的時間，直至宇宙幽靈——暗魅出現。

暗魅不單止打敗了光武士，更打敗了其他六位武士，之後暗魅的能力更有所提升，各武士再難以與他匹敵。他縱容狼族，讓其侵略及屠殺相對人數較少又反對他的熊族，另一個反對他的龍族也差點慘遭滅族。宇宙中再沒有人有能力與他匹敵，也再沒有人膽敢挑戰他的統治。

此後暗魅選擇了一個星球用來展示他的戰利品，他在這個星球建立了一個動物園，也不知道他用了哪種方法，能令活捉回來的人的能力退化，然後再把被他征服的各族群中每個品種放在其中，以供他觀賞。這個動物園內珍藏了各族的生物，有蝙蝠、狼、熊、鷹、蛇，還有人類。只是龍族為對抗暗魅造成大量死傷，只剩下少數的龍族人在逃亡，暗魅未能活捉並放進他的動物園內。動物園內當然還包括宇宙其他少數民族。而這些在動物園內的種族，早已失去了原來的力量，就像家畜般被放置在動物園裡生活。

這宇宙動物園當然就是地球！

摩比就是熊族中傳承下來的寒武士，而我就是上天揀選的人類光武士。這些都是摩比跟我說的。

　　「你就是人類的希望！」摩比對我說：「暗魅認為地球上的生物全是脫了牙的猛獸，早已對他毫無威脅，只是我知道人類即使退化了，但基因還是保存下來，只要能再次進化，就有機會打敗暗魅。那時我們熊族就不需要四處逃亡了！」

　　「那為甚麼地球會有危險？」

　　「所有動物園都希望能飼養猛獸，這或許是力量的象徵，完全沒有猛獸的動物園的吸引力會大打折扣。但你的出現，令暗魅覺得動物園內的猛獸不再受控，甚至對他構成威脅，暗魅當然不會坐視不理！於是他吩咐為他效力的蝠族、狼族、鷹族和蛇族去清除對他的威脅。狼族的侵略性極大，狼人大軍一旦去到地球，除了要對付你，肯定亦會同時擄掠地球！狼族所聚居的星體位於大犬座的天狼星附近，但由於他們聚居的星體亦在大犬座 VY 附近（一顆超級紅巨星，紅巨星就是一顆會不斷膨漲的恒星，是恒星生命週期中的晚期，因地核內部用作核聚變的氫原料將近耗盡，使因輻射向外擴張的膨脹力和因引力的收縮力失衡，最終令恒星內核收縮、外殼反不斷膨脹，這種擴張會吞吃在它附近的行星），隨著這顆紅巨星不段膨漲，狼族自知他們的居處終有一天會被這顆紅巨星所吞噬。所以他們會四處侵略，並順道尋找適合他們族群居住的星球，其實地球的環境遠比他們的星球好，他們早就想吞併地球，只是地球是暗

魅的戰利品，未有暗魅的允許，他們絕不敢輕舉妄動。但因你的出現，所以暗魅允許他們入侵地球，只要狼族能殺死你，暗魅或會把地球送予狼族作為獎賞。所以只要狼族大軍一到，地球就岌岌可危！」

由於這突如其來的危機，我帶摩比回到登陸船，並聯絡上保羅，結果他也向我說相若的說話，聽後我沉默片刻：「那我能做甚麼？」

「你要保護你所愛的人，就要挑戰暗魅。」

「我沒有所愛的人，只有所恨的人。」我不願承擔任何責任，也不覺虧欠了地球甚麼，在我心中，我一心只想報仇！

「縱使你只是單單想要報仇，你也要先武裝自己，你要先提升你的第七感及學好劍術，然後我們再嘗試找幫手。」

「總之除了報仇，甚麼事我也不管，我要報殺我媽媽的仇！我要報殺我朋友的仇！至於對付暗魅、拯救地球等事，你就找另一個和我相若的人，幫他進化兩次，不就可以了嗎？」

「其實你知不知道就是進化一次也要經歷多少風險？成功進化兩次更是可遇不可求，你的際遇，充滿了幸運的成分。總之你是獨一無二的！不是我選中你，而是宇宙大自然中的靈力選中你。你是地球歷數千年來啟動了進化的九百四十三人中的一人，在這些人當中成功進化了一次的，就只有四十二人，你是其中的一個。而且你不只是成功進化了一次，你是這四十二人中唯一一個成功進化了兩次的人。你除了有 X 核齡

基，還擁有 O 核鹼基，你的黃血球已相當成熟，地球上只有你一人能擁有宇宙的第七感。你不想對抗暗魅，我也能明白，但你要報仇，也要先裝備好自己才能報仇，你就先練習這第七感吧！」保羅知道這刻難以說服我，唯有先用報仇為餌拖延我，叫我專心練習第七感。

「第七感其實是甚麼呢？」我轉頭問摩比。

「人是透過五感：視覺、聽覺、味覺、嗅覺、觸覺來接觸宇宙萬物的，但這五種感覺，再加上動物對環境震動的感應、對周遭電磁場的感應，其實都是同一層次的，就是必需透過接觸與萬物連結，是為第一層。而第六感屬於第二層次，你不用直接接觸，就能感應萬物，與其連結，就如有些生物能預知地震即將發生一樣。而所謂第七感就是不用直接或間接的接觸，就能與萬物連結，而你所感應的，不單是有形的實物，更連無形的能量也一樣能感應得到，即是能夠感應到宇宙間所有生命力和能量。而且當你的第七感發展成熟，你還可以任意借取周遭的能量，所謂的第七感就是感覺中的第三層次，也就是最高層次。宇宙七武士全都能掌控第七感，但當中也有高低之分，火武士、水武士、土武士三位的第七感更強勁，而歷史中最強的就是你們人類的光武士。所以上一位光武士就能打敗各位武士。」

「那麼暗魅呢？他也懂得第七感嗎？他又是甚麼人？」

「當然也會，而且他的第七感，更在各武士之上。本來光

武士是最有機會打敗暗魅的，可惜還是被暗魅打敗，之後就不知所蹤了，想來必定為暗魅所殺。暗魅在宇宙中就再沒有任何對手！自此暗魅就統治宇宙，歸順他的人都稱他為黑暗之神，反對他的人就稱他為宇宙幽靈。暗魅除了力量強大，他身邊還有十二位盔甲侍衛，分別是四位金盔甲的獅、牛、鱷和鯊侍衛；四位銀盔甲的蜘蛛、蜈蚣、蠍子和黃蜂侍衛；四位神秘的灰盔甲侍衛，猩、八爪、蚊、螳螂。據說只要其中四位侍衛聯手，就算是七武士中的任何一位與之對戰，也未必能有勝算！可想而知，暗魅的勢力如何強大！」

我再度默然，我原意只想為母親和朋友報仇，之後或許做一兩筆大買賣，再之後就是過點平靜的生活。或許在偏遠的海邊建一間小屋住下來，安靜渡日。如果可以選擇，我情願爸爸媽媽和閉月仍在生，只有我一個死去。可惜世事總與願違。

此後，我每天都勤加練劍，為復仇做準備，並且每日都會去星球的間歇泉去接受沖擊，用以訓練自己的第七感。其實拯救地球實非我的本意，這樣偉大的事對一個盜匪小頭目來說真的太抽象、太遙遠。撇開個人意願，先說個人能力，我真的能勝任嗎？我雖然有很多搏鬥經驗，但從不殺人，突然間說要與一些外太空的另類生物戰鬥，對我來說真的不可思議。能力上我固然未能勝任，情感上我同樣猶豫。要我拯救這醜惡的地球實在令我有點反感！我想當我在快要病死時、我和媽媽被社會公審時、被周遭的人欺凌時、我媽媽被慘殺時，這些時候世界

為我做了甚麼呢？這世界何曾關心過我？何曾幫助過我？我也不太恨惡這世界，因為我自覺與這世界一樣邪惡，但要我為這世界犧牲，我實在辦不到！

我也不清楚地球上還有沒有掛念我的人，可能地球上有沒有我，根本已沒有關係，要我拯救肥波、查理、三位惡匪這些人，我實在半點也不想，那我為甚麼還要為地球去拼命呢？只是我有一個令我堅持練習的理由，因為我媽媽為狼人所殺，我誓要殺死這狼人和狼人的嚮導西門費特以報我母親之仇。除此之外，我亦有點不想保羅和摩比失望，他們是我這刻在世上唯一的朋友，所以我繼續勤加練習。反正我若然在最後一刻改變主意，一走了之就是了。

日子有功，星球間歇泉的威力我已漸漸適應。起初，我會築起保護罩保護自己，盡全力與噴泉對抗，但每次都幾乎被噴出至大氣層外，初時我很害怕會被吹到外太空，不能回到星球地面，所以拼命的全力抵擋，幾經辛苦，我終於能保持平衡，情形就像是一個小朋友拿著吹風筒吹起一個乒乓球，然後把乒乓球浮在空中一樣（利用白勞利定律），我築起的保護罩把我漂浮離地約一千公尺的大氣層中，我漸漸能以一己之力與洪流對抗，我甚為欣慰。

哪知摩比得悉我的進度後，竟然說這還遠遠不足夠：「漂浮在一千尺的上空中根本不合格，就算噴出的洪流如何強大，你也要留在原地才算合格。」

「不可能，我根本不夠力量對抗！」

「要對抗，你當然沒有足夠力量對抗！但為何要對抗？」他的話讓我摸不著頭腦，但他沒有再說下去。

摩比的話起初的確令我有點氣餒，但我就是不服氣，因此我沒有放棄訓練。在久經訓練後，漸漸我的第七感越趨成熟，越來越能與萬物連結，一天練習時我突然想起摩比的話，他說不用對抗，難道我真的可以不用保護罩，直接接受間歇泉的沖擊？這是一個極大膽的嘗試，但我樂於接受挑戰。我在半空嘗試撤去保護罩，改與噴出的冰泉連結，立時全身疼痛，被冰雪極高速撞擊，我的身體立時多處都受了損傷，流出黃血，但我仍堅持與冰雪連結。就只一會，我不再感到疼痛，反而漸漸感覺冰雪就像我身體的一部分，能和我融洽相處。這刻當冰雪噴到我身邊，就好像突然減慢了千萬倍，然後慢慢的流過身軀，我甚至開始見到水和冰粒一絲絲的流過我身邊，其實它們沒有真的慢下來，但在我眼中看來，它們的流動就好像慢鏡頭一般。就這樣我的身體緩緩下降，越過了慢流的冰塊，噴泉的沖擊力仍然強大，但對我的阻力已越來越少，終於我降回泉口。

這時我看見摩比就站在遠處，並向我點頭示意。

提升了第七感，令我莫明興奮，令我有一股新的動力，此後數天我勤加練劍。我終於能把激光劍控制得揮灑自如，其實中西武術我都喜愛，但因我年少時有習中國武術，所以我特別愛耍劍，這刻我耍起來更是虎虎生威。

「還好，你的劍術非常花巧好看，但實戰的威力還是遠遠不足。你要記著，劍並不重要。劍只是把你的能量聚焦，威力的大小不是來自劍，而是你自身的能量有多少。除了劍，你還可以將你的能量化作箭、刀、槍及一切的兵器，到你的靈力強大時，你根本不需要劍或任何兵器，你本身就是最強的兵器。」摩比說。

一天在我練習劍術時，摩比突然用他的激光斧向我砍來。七武士用的都是不同武器，光武士用的是激光劍、熊族的寒武士用的是激光斧頭、龍族的水武士用的是激光鞭和激光盾、狼族的土武士用的是激光狼牙棒、蝠族的火武士用的是激光鐮刀、鷹族的風武士用的是激光矛和網、蛇族的電武士用的是激光箭。而且摩比說過七位武士用的激光武器都是不同顏色的。光武士的是黃光、火武士的是紅光、水武士的是藍光、土武士的是綠光，而風武士、電武士、寒武士的分別是青光、橙光、紫光。紅、藍、綠三色正是三原光，也是火、深海和大地的顏色，但黃色就取代了綠色成為三原色。

對於摩比突如其來的攻擊，我顯得手忙腳亂，而且摩比的攻擊非同小可，我苦苦支撐了約十劍，就被摩比擊倒，激光劍飛脫。

摩比說：「果然你的劍術耍起來好看，但力量還是差得太遠，相比七武士更是遠遠不及。從今天起，我會突襲你，你要好好準備，如果你不能打敗我，你的劍術就根本不管用！」

「要我打敗你？」我一臉驚訝地說。

「是的，我出招還會越來越狠，千萬莫奢想我會手下留情。」

要我打敗摩比，我自問難以做到，只是他批評我的劍術不管用，我就是不服氣。所以自這天起，我除了苦練劍術，還努力思考如何對抗摩比的攻擊。亦自這天開始，摩比會不時攻擊我，我由最初只擋得十劍，漸漸至十二劍、十五劍、二十劍、三十劍。為了與摩比對抗，我的劍術也由簡變繁，再由繁變簡，但每一劍的威力也越來越大、出劍的速度也越來越快。過了不多日，我已能勉強抵擋著他的攻勢，就是過千招也不會落敗。這時他會運用靈力，把溫度急降，這亦正是寒武士的看家本領。他起初只把溫度降至約零下二百多度，但每次交手都把溫度降得越來越低。面對接近絕對零度的極致冰冷，我要傾盡全力運用靈力與之抗衡，否則不只手腳會凍僵不能動彈，恐怕連血液亦會盡數結冰，被冰封至死。但我的靈力一被分散，劍的威力就會相對大減，我自然又再次敗陣下來。

但不斷的練習令我的第七感與日俱增，我能借取的靈力也越來越多，禦寒的能力越增，戰力也越來越強。我雖然能向各種事物借取能量，但作為光武士，最能加強我靈力的就是光。一天我和摩比激戰，當大家戰況膠著時，摩比再次使出他的絕招——絕對零度（攝氏負 273 度）。宇宙萬物中的溫度沒有上限，某些星體可以過百萬度、千萬度，甚至更高。但宇宙間的

溫度絕不可以低過負 273 度，這也是為甚麼這溫度得著「絕對零度」的稱號。面對越來越接近極致低溫，萬物都好像靜止冰封下來。我感覺到我的血液快要結成冰晶，原本靈動的劍術也緩慢下來，我想我根本不可能戰勝。我全力運用靈力對抗他的絕對零度，對他斧頭的攻擊漸感不支。

但就在此時，第二個太陽剛升起，我突然大喝一聲，借用兩個太陽日光的力量。就這一瞬間周遭突然變得漆黑一片，但一瞬間後又回復光明。但就在這漆黑的一瞬間，我已把摩比的斧頭擊落，雖然摩比已立時用靈力隔空取回斧頭，嚴格來說我還未算真正打敗摩比，但勉強算是勝了半招，並且我終於能同時抵抗摩比的極致冰冷和激光斧的雙重攻擊。

「是時候了，趁狼人還未襲地球，我們嘗試去找個盟友！」

「誰？」

「龍族的水武士！」

NOVEL 131

書名： 光與暗之戰 1 ——光之武士

作者： 火幻光

編輯： 吳苡澄

設計： 燒

出版： 紅出版（青森文化）

地址：香港灣仔道133號卓凌中心11樓

出版計劃查詢電話：(852) 2540 7517

電郵：editor@red-publish.com

網址：http://www.red-publish.com

香港總經銷： 聯合新零售（香港）有限公司

台灣總經銷： 貿騰發賣股份有限公司

地址：新北市中和區立德街136號6樓

(886) 2-8227-5988

http://www.namode.com

出版日期： 2022年7月

圖書分類： 科幻小說

ISBN： 978-988-8822-01-0

定價： 港幣88元正 / 新台幣 350圓正